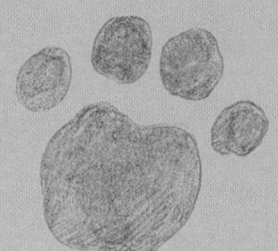
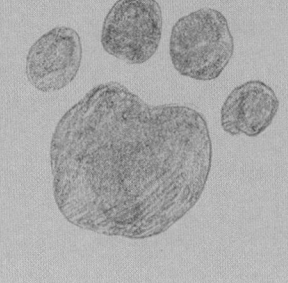

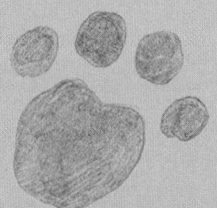

作家榜®经典名著

读经典名著，认准作家榜

猫咪事务所

[日] 宫泽贤治 著

吴菲 译

目录

导读：来自山野和星空的童话 01

猫咪事务所 001

风之又三郎 021

座敷童子的故事 085

过雪原 093

雁童子 115

宫泽贤治年表 136

导读：来自山野和星空的童话

宫泽贤治其人其作

在日本，大多数人从小就在绘本和教科书里读过宫泽贤治的童话，根据这些童话改编的影视作品更是不计其数。虽然是童话，但其多彩而又深厚的内容不但让孩子为之着迷，也吸引着成年人，许多学者甚至将其作为终身的研究课题。可以说宫泽贤治的作品就像一座宝藏，其丰富程度在日本文学史乃至在世界文学史上都是罕见的。

1896年，宫泽贤治出生在日本东北部岩手县的一个富商家庭。他从中学时代就开始写诗。当上农学教师后，他一边教书，一边创作诗歌和童话。28岁那年，在父亲的资助下，他先后出版了诗集《春天与阿修罗》和童话集《要求繁多的餐馆》。也许因为宫泽贤治的诗和童话在当时显得太过前卫，所以两本书都没有给他带来名声和收入，直到37岁那年因病去世，他的家里还堆积着许多无人问津的书册。

宫泽贤治去世以后，他的全部作品得到发掘整理，人们这才发现，这位生前遭受过许多误解的"怪人"，留下的是瑰宝一般的作品。

宫泽贤治拥有天才诗人和艺术家的丰富感性，同时他也热爱科学，直到去世前夕还在如饥似渴地学习。他在信仰佛教的家庭氛围中长大，生来同情弱者，一直以救助贫困农民为己任。宫泽贤治的作品中随处可见他对科学艺术与宗教信仰的独立思考，而大胆新奇的故事情节和诗一般的语言也让宫泽贤治的作品在百年后依然拥有引人入胜的魅力。

宫泽贤治童话创作的三个关键词

其一，山野。

宫泽贤治在生前出版的唯一一部童话集《要求繁多的餐馆》的序言中写道：

我们虽然无法拥有足够的冰糖，却能食用清丽通透的风，饮用桃红色美丽清晨的日光。

我在田野和森林中，一次又一次目睹褴褛的衣衫变成最华美的呢绒和装点着宝石的华服。

我就是喜欢这般清丽的食物和衣服。

我的这些故事，全都是树林、原野、铁道线路、彩虹和月光赋予的。真的，在青色的傍晚，当我独自走在榉树林间，颤抖着伫立在十一月的山风中，我不禁如此感受。我感觉这些都像是实际发生过的事。而我，只是将它们原原本本写下来而已。

宫泽贤治创作的灵感，都是在大自然的怀抱中产生的。他热爱自然科学，也爱好登山，工作学习之余，时常在山野间漫步，每当有了灵感就用随身携带的纸笔记录下来。他的童话和诗歌不是书房中冥思苦想的结果，而是来自"树林、原野、铁道线路、彩虹和月光"的赋予，所见所闻所感都是亲身体验而来，因此关于大自然的描写总是格外鲜活生动。

宫泽贤治将自己笔下的童话国度命名为"伊哈特卜"，这个名称源于故乡岩手（IWATE）的世界语发音。"伊哈特卜"是只存在于宫泽贤治童话中的理想世界，发生在伊哈特卜的故事没有地域、国籍、时间的限制，超凡的想象力在百年后的今天依然令人惊叹。同时"伊哈特卜"的山川草木以及人物的基本构想又都来自岩手县的山野，所以在宫泽贤治的生活经历中大多有迹可循，今天那些在作品中出现过的地名大都被后人在实地一一印证，成为热心读者和研究者们竞相前往的圣地。

其二，星空。

　　天蝎眼珠赤红
　　天鹰舒展翅膀
　　小犬眼睛幽蓝
　　巨蛇盘踞闪亮
　　猎户高声歌唱
　　降下寒露冰霜

　　安朵墨达星云
　　就像鱼嘴形状
　　大熊脚下向北
　　延伸五倍距离
　　小熊额头上方
　　斗转星移方向

　　1918年初夏，刚从农林学校毕业的宫泽贤治给弟弟妹妹们朗读了自己新写的童话《双子星》。这首名为《巡星歌》的小诗也在作品中登场。

　　《巡星歌》描写天蝎、天鹰、小犬、巨蛇、猎户、仙女（安朵墨达）和大熊等八个星座围绕北极星（小熊星座最亮的星）转动的景象。

短短十二个句子，将一年四季中所能观测到的主要星座名称串联成诗，吟唱时仿佛在体验一趟遨游星空的旅程。后来，在农校担任教师的宫泽贤治又为这首小诗谱了曲，亲自教学生们演唱。《巡星歌》的旋律简单而优美，虽是儿歌，却深受音乐家和歌唱家喜爱。从影视作品的配乐、合唱曲到交响乐，各类音乐作品中如今依然能时常听到根据它改编的旋律。

在被称为宫泽贤治童话最高成就的《银河铁道之夜》中，孩子们用口哨吹奏《巡星歌》的场面也一再出现。可见这首诗对宫泽贤治具有非常特别的意义。

简单来说，《银河铁道之夜》就是一个关于少年乔班尼在梦中乘坐银河铁道列车遨游星空的故事。孤独而贫穷的少年乔班尼在梦中搭乘了银河铁道列车，他在车中遇见好友康帕内拉，两人一起乘车沿银河铁道从北十字星前往终点站南十字星，一路上他们目睹了银河两岸的星空美景，也结识了形形色色的乘客。旅途中，乔班尼心里渐渐产生一个疑问：什么才是真正的幸福呢？当乔班尼从梦中醒来，等待他的是一个悲伤的消息……而经历了银河铁道之旅的他已经不再是原先那个茫然无助的孩子了。

在宫泽贤治笔下，星空是一处可以跨越生死、穿越时间的真空地带。这片星空给乔班尼带来希望，也照亮了每一位读者的心。

"正确而强大的生存就是要将银河系置于自身的意识之中，并顺其而行。"宫泽贤治曾这样教导学生。向往星空，胸怀着整个银河系，也许正因如此，宫泽贤治的童话才拥有了非同一般的高远格调。

其三，幸福。

《银河铁道之夜》的主人公乔班尼一次次追问"什么是真正的幸福"。直到最后作者也没有做出明确的解答。

宫泽贤治人生最后约十年的时间里，对《银河铁道之夜》的手稿做了四次较大的改动，直到去世时也没能定稿。我们目前读到的是后人根据他的四次改稿整理编辑而成的版本。也许宫泽贤治直到生命的最后时刻，依然在思索着"什么是真正的幸福"这个问题。

宫泽贤治虽然家境富裕，却生活在天灾频发、经济大萧条的时代。他自幼亲眼目睹当时底层农民饱受天灾之苦的悲惨生活。因为全家都是虔诚的佛教徒，他自己也从少年时代就开始信奉佛教。

妹妹敏子也对宫泽贤治的文学创作产生了深远的影响。他们的年龄只相差两岁，兄妹俩一同成长，又都热爱文学和音乐，在家中，敏子是贤治在精神上最大的支持者和理解者。不幸的是敏子24岁那年因肺病去世，宫泽贤治失去了唯一的知音，长久的悲痛之中，他写下大量哀悼妹妹的诗歌和童话。《银河铁道之夜》也可说是其中之一。"真正的幸福是什么"这个主题的另一面，其实也是对死亡的思考。对宫泽贤治来说，只有不断追问这个问题，才能抗拒死亡带来的恐惧和悲哀。

那么，宫泽贤治最后找到答案了吗？

宫泽贤治去世后不久，人们在他的记事本里发现了一则写于1931年11月3日的手记。

不畏雨
不畏风
不畏冰雪酷暑
保持健壮身体
没有私欲
决不动怒
常带恬静笑容
每天食糙米四合
配以黄酱和少许菜蔬
对世间万事
不计较自己的得失
入微观察明辨是非
并时刻记得
身在原野松林的树荫下
窄小的茅草屋里
东边若有生病的孩子
就去给他关怀照顾
西边若有疲倦的母亲

就去为她背负稻束
南边若有人即将逝去
就去告诉他不必恐惧
北边若有人争吵纠纷
就去劝解他无须争斗
干旱时候流下泪水
冷夏季节惙惙奔走
被众人唤作傻子
不被人赞誉
不烦扰别人
我愿
成为这样的人

  为了他人的利益不惜身命地东奔西走,被误解被嘲笑也在所不惜。这样的人,才是宫泽贤治心目中拥有真正幸福的人。"我愿/成为这样的人",怀抱着如此平和又坚定的信念去努力生活,这不正是宫泽贤治在山野和星空之间上下求索得到的答案吗?这个朴素真挚的愿望,是对自己的期许,也是对同道之人的激励。

  童话集《要求繁多的餐馆》的序言结尾写道:"我多么希望,这些小故事中的些许片段,到最后能成为你通透的真正的食粮。"

  宫泽贤治的童话也许有晦涩难懂的一面,但这些来自山野和星空,寄托着作者对幸福的毕生思考的童话，一定能为我们提供丰富的心灵食粮。

宫泽贤治的童话写给孩子，也写给那些依然怀着赤子之心的大人。哪怕年龄不同，境遇不同，只要我们向往着真正的幸福，还愿意仰望星空，还愿意去往自然的山野，这些童话就是值得再三阅读的。

吴菲

2020 年 12 月

　　在轻便铁道的车站附近，曾经设有猫咪的第六事务所，这里主要为猫咪提供历史地理调查服务。

　　书记员们都穿黑色缎子衣服，而且广受尊敬。只要有谁因故要辞去书记员的工作，各处年轻的猫咪们，这个那个，就都想来替补那个空缺，弄得好不热闹。

　　但是，这间事务所的书记员名额一向是四个，所以在一大堆猫咪里，只有字写得漂亮，又能读诗的才能被选中。

　　所长是一只大黑猫，虽然已经有点老糊涂了，但他眼珠里就像绷了好几圈铜丝似的，显得十分威严。

　　而那些下属呢：

　　第一书记员是白猫；

　　第二书记员是虎斑猫；

第三书记员是花猫；

第四书记员是灶猫。

所谓灶猫，其实他并非天生就叫这名字。天生是什么猫都无所谓，但他有个毛病，夜里总爱钻进灶洞里睡觉，所以身体总是被烟灰弄得脏兮兮的，特别是鼻子和耳朵上沾满了黑黢（qū）黢的烟灰，说来简直就是只貉（hé）子¹一样的猫。

所以其他猫都很嫌弃灶猫。

本来灶猫不管多么有学问，也很难当上书记员，但多亏这间事务所的所长是黑猫，他才得以从四十名候选者中胜出。

在宽敞的事务所的正中间，所长黑猫稳稳当当地坐在铺了大红色呢绒的台桌前，在他右边是第一书记员白猫和第三书记员花猫，左侧是第二书记员虎斑猫和第四书记员灶猫。他们面对各自的小桌子，规规矩矩地坐在椅子上。

不过要说地理历史什么的对猫能派什么用场的话，大概就是以下的情形。

"咚咚！"来访者敲响了事务所的门。

"进来！"黑猫所长两手揣在口袋里，仰坐着吼道。

四个书记员低垂了目光，像是很忙碌地翻阅着文件。

---

1 貉子，犬科动物，又称作狸或狸猫。广泛分布于亚寒带至亚热带。昼伏夜出，杂食，体态肥胖。其形象时常出现在日本民间传说故事中。

奢侈猫走了进来。

"你有什么事？"所长问。

"我想去白令地区吃冰川鼠，请问去哪里最好呢？"

"嗯，第一书记员，告诉他冰川鼠的产地。"

第一书记员打开蓝色封面的巨大文件簿，回答说：

"乌斯特拉哥梅那、诺巴斯卡雅、夫萨河流域。"

所长对奢侈猫说：

"乌斯特拉哥梅那、诺巴……叫什么来着？"

"诺巴斯卡雅。"第一书记员和奢侈猫一齐说道。

"对，诺巴斯卡雅，然后是什么？"

"夫萨河。"又是奢侈猫和第一书记员一齐说道。所长显得有些尴尬。

"对对，夫萨河。那应该就是那一带吧。"

"那么，关于旅行，有什么要注意的吗？"

"嗯，第二书记员，讲一讲白令地区的旅行须知。"

"好的。"第二书记员翻看了自己的文件，"夏季完全不适合猫类旅行。"然后不知为什么，这时大家都往灶猫那边瞟了一眼。

"冬季，猫类也须小心谨慎。在函馆附近，有被人用马肉诱捕的危险。尤其是黑猫，旅行时若不充分显示自己是猫类，往往被误认为黑狐，有可能遭到严厉的追击。"

"好嘞。就是这些了。您不是像我们这样的黑猫，所以不必太担

心。在函馆警惕马肉就差不多了。"

"哦。那，在那边比较有势力的都是些什么人呢？"

"第三书记员，给我列举几个白令地区有权势的人物。"

"好。呃……嗯……白令地区的话，对，是托巴斯基、根佐斯基，这两位。"

"托巴斯基和根佐斯基，他们是什么样的人呢？"

"第四书记员，给我讲述托巴斯基和根佐斯基的大概情况。"

"好的。"第四书记员灶猫早已把短短的两只手伸进大部头原件中，夹着写有托巴斯基和根佐斯基的那几页，在等候着了。所长和奢侈猫见了都显得十分佩服的样子。

然而其他三个书记员，都非常不屑地瞟眼看他，冷冷地笑着。灶猫认认真真地朗读了记录。

"托巴斯基酋长，德高望重，目光炯炯而沉默寡言；根佐斯基，富豪，不善言辞而眼光犀利。"

"哦，这下明白了。谢谢。"

奢侈猫走了。

大致情形就是这样，对猫咪而言，这里可以说是非常便利的地方。然而就在上面的事发生后正好过了半年的时候，这间第六事务所终于被撤销了。其中的原因，想必大家都觉察到了，因为第四书记员灶猫被前三个书记员怀恨在心，特别是第三书记员花猫，恨不能赶紧把灶猫的工作拿来自己做做看。而灶猫总想做点什么来赢得大家的好感，想尽了办法，却总是适得其反。

比如有一天，邻桌的虎斑猫把中午的便当放在桌上正要开始吃的时候，突然忍不住想打哈欠。

虎斑猫那两条短短的胳膊伸到高得不能再高，打了个相当大的哈欠。这在猫和猫之间，并不算是对上司的不礼貌，若是人的话，可能不禁要怀疑他的态度问题，但这并没有什么关系。糟糕的是，因为他一蹬腿，桌子稍稍倾斜，便当咝溜咝溜地往下滑，最后"咚"地掉在了所长面前的地板上。虽然便当盒凹凸不平，但因为是

铝制的，所以不要紧，没摔坏。于是虎斑猫连忙止住哈欠，从桌子上伸出手，想把便当捡起来，但使劲伸手也只能伸到快要够着又够不着的地方，便当盒被拨去那边又拨来这边，怎么也没能抓住。

"你这样不行的啊，够不着呀。"黑猫所长呼哧呼哧地一边啃面包一边笑着说。

这时第四书记员灶猫也刚好打开便当盒盖，看见这情形，他立刻站起来，捡起便当想递给虎斑猫。

但是虎斑猫突然大发脾气，也不接灶猫好心递过来的便当，两手背在身后，一个劲儿晃着身子怒吼道："什么？你是要叫我吃个便当吗？从桌子上掉到地板上的便当你竟敢叫我吃了它吗？"

"不是的，因为您要把它捡起来，我才帮您捡的。"

"我什么时候要捡了？哼！我只是因为它掉在所长先生的面前显得太失礼，才想把它推到我的桌子下面去。"

"这样啊。我还想便当在这里那里滚来滚去的……"

"瞎说什么，没礼貌的家伙。决斗……"

"哎哟哎哟哎哟！"所长大吼了几声。他是为了不让虎斑猫把"决斗吧"这几个字说出来，故意打断了他。

"哎，可不许吵架。灶猫君应该也不是要让虎斑猫君吃才去捡的。另外今早我忘了说，虎斑猫君的月薪涨了十块哦。"

虎斑猫一开始脸色还很难看，但还是低着头在听，这下终于开心地笑了出来。

"惊扰您了，实在对不起。"然后，他狠狠瞪了灶猫一眼才坐下来。

各位，我很同情灶猫。

又过了五六天，正好又发生了一件类似的事。这种事之所以不断发生，一是因为猫生性懒散，还有一个缘故是猫的前腿，也就是手，实在太短。这次是对面的第三书记员花猫，在开始早晨的工作之前，他的笔滴溜滴溜地滚动起来，终于掉在了地板上。本来花猫马上起身去捡就好，但他又懒得动，立刻像之前虎斑猫做的那样，两手隔着桌子伸出去，想把笔捡起来。这回同样也够不着。花猫个子特别矮小，他一点点探出身子，两腿终于离开了座椅。灶猫犹豫着是捡还是不捡。因为有上一次的事，他一时犹豫着直眨巴眼睛，最后实在看不下去，站了起来。

然而就在这时，花猫因为身子探出太多，"啪嗒"一个跟斗，脑袋狠狠着地，从桌子上摔了下来。那声响很大，黑猫所长也吓得跳了起来，从背后的木架上取下备用的氨水瓶子。但花猫立刻爬起来，突然恼羞成怒地吼道："灶猫，你竟敢把我推倒！"

不过这次所长当即劝解花猫说："哎呀，花猫君，这是你的错哦。灶猫君出于好心只是站起来一下，连碰都没碰到你。不过这么点儿小事，没什么大不了的。好吧，呃，桑顿城的迁居登记，嗯……"所长立刻开始了工作。

这下花猫也没办法，也开始了工作，不时地仍用恶狠狠的眼神瞪着灶猫。

这样的情况下，灶猫实在是不得安宁。

灶猫也想变成体面的猫，好几次试着在窗子外面睡觉，但夜里总是冷得打喷嚏，实在受不了，没办法还是钻进了灶洞。要说为什么那么冷，是因为皮太薄。要说为什么皮薄，那是因为他生在初夏换季的时候。

"看来还是我不好，真没办法啊。"灶猫想到这里，溜圆的眼睛里溢满了泪水。

可是所长对自己那么好，而且灶猫的伙伴们都为他能在猫咪事务所工作感到骄傲。"不管多么难挨我都不会辞职的。我一定能忍受的。"灶猫一边哭，一边握紧了拳头。

但是这位所长也靠不住了，因为猫这种动物虽然看起来聪明，但其实很愚蠢。有一次，灶猫不走运地得了感冒，大腿根肿得像碗口那么粗，实在没办法走路，只好请一天假在家休息。灶猫真是忧心极了，哭啊哭啊，没完没了地哭，望着从库房的小窗照射进来的黄色光线，揉着眼睛哭了一整天。

这期间，事务所的情形是这样的。

"怎么回事？今天灶猫君怎么还没来？太迟了吧。"工作间歇时，所长说。

"什么呀，大概是去海边玩儿了吧。"白猫说。

"不对，是哪里的宴会把他叫去了吧。"虎斑猫说。

"今天哪里有宴会吗？"所长吃惊地问，心想猫的宴会自己怎么可能不受邀请呢？

"可不，听说北边有开学典礼呢。"

"这样啊。"黑猫默默陷入了沉思。

"可为什么轮得到灶猫呢？"花猫冒出一句。

"人家最近到处受邀请呢，还说什么'下次俺就要当所长了'。所以有些傻瓜心里害怕，都尽力去讨好他。"

"真有此事？"黑猫吼道。

"是真的呢。您可以调查调查。"花猫嘟着嘴说。

"太不像话，我可是一向关照着他的。好吧，我倒是有个想法。"

然后，事务所里一时间安静下来。

第二天。

灶猫的腿好不容易消了肿，他高兴得一大早顶着呼啸的大风来到

事务所，哪想到那本自己十分珍爱、每次一来就要把封面抚平的文件簿竟然从自己的桌子上消失了，文件被分别放在了对面和旁边的桌子上。

"哦，昨天一定太忙了。"灶猫哑着嗓子自言自语，心里不禁忐忑不已。

"哐当。"门开了，花猫走了进来。

"早上好。"灶猫起身问候。但花猫沉默着坐下来，然后好像非常忙碌似的翻看着文件。

"哐当，嘭！"虎斑猫走了进来。

"早上好。"灶猫起身问候。虎斑猫看都不看他一眼。

"早上好。"花猫说。

"早。风可真够大的啊。"虎斑猫与花猫打完招呼后也马上开始翻阅起文件来。

"哐当，嘭——咚！"白猫走了进来。

"早上好。"虎斑猫和花猫一齐问候他。

"哦，早。风真大呀。"白猫也一副忙碌的样子开始了工作。这时灶猫无力地站起来鞠了一躬，白猫却装作不知道的样子。

"哐当，嘭咚！"

"嘿，风刮得相当猛啊。"黑猫所长走了进来。

"早上好。"三人立刻起身行礼。灶猫也呆呆地站起来，低垂着眼光鞠躬行礼。

"简直就是暴风啊。呃。"黑猫这么说着，也不看灶猫，就马上开始了工作。

"今天继续昨天调查安莫尼亚克兄弟的工作，必须回答人家。第二书记员，在安莫尼亚克兄弟当中，去了南极的是谁啊？"

工作开始了。没有文件簿，灶猫想说点什么，却发不出声音。

"是冯·帕拉里斯。"虎斑猫回答。

"很好。谈谈冯·帕拉里斯。"黑猫说。

"唉，这是我的工作啊。文件簿，文件簿……"灶猫心想，简直要哭出来。

"冯·帕拉里斯，南极探险归途中，死于雅浦岛海域。遗体海葬。"第一书记员白猫拿着灶猫的文件簿朗读。灶猫难过得不得了，感觉面颊发酸，耳边嗡嗡直响，他低下头，一动不动地忍耐着。

事务所里渐渐热火朝天地忙碌起来，工作顺畅地进展着。大家只是偶尔瞟眼看看这边，但都一言不发。

然后到了中午。灶猫也不吃带来的便当，两手放在膝盖上一动不动地低垂着脑袋。

终于，从下午一点，灶猫开始抽抽搭搭地哭了起来。然后直到傍晚，断断续续哭了差不多三个小时。

然而大家仿佛没看见这情形，只管开心地工作着。

就在这时，猫咪们没有察觉，狮子那威风凛凛的金色脑袋出现在所长身后的窗子外面。

狮子露出怀疑的目光,他朝屋里看了一会儿,突然敲门闯了进来。猫咪们简直不知怎么办才好,吓得来来回回打转儿。唯独灶猫停止了哭泣,直挺挺地站起身来。

狮子用洪亮的声音说:

"你们都干了些什么?为这点事用得着调查历史地理吗?给我停工!哼,我命令你们解散!"

就这样,事务所被撤销了。

我有一半是赞同狮子的。

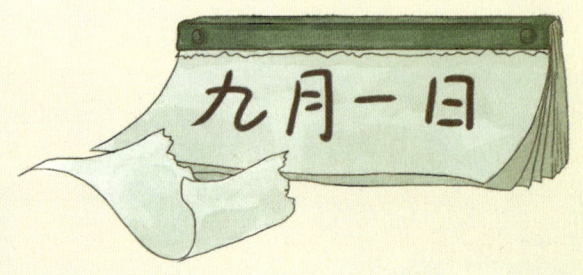

呼、呼呼呼呼——呼呼呼——呼呼呼——

青核桃也吹飞了,

酸木瓜也吹飞了,

呼、呼呼呼呼——呼呼呼——呼呼呼——

溪流边有一所小学校。

教室只有一间,但学生从一年级到六年级都有。操场也只有网球场那么大,后面紧挨着一座长着栗子树的漂亮的草山。操场角落里还有一眼山泉,咕嘟咕嘟地冒着冰冷的泉水。

这是凉爽的九月一日清晨。碧蓝的天空中呼呼地刮着风,操场上洒满了阳光。两个身穿黑色扎脚裤的一年级孩子绕过河堤走到操场上,他们看到其他人都还没来,就连声喊着:"哎——我们第一!第一呀!"一边高兴地走进门来。但是才往教室里看了一眼,两个人就都吓得站直了身体,你看我我看你,一边不停地哆嗦着。其中一个终于

哭了起来。那是因为，静悄悄的教室里，不知从哪里来了一个陌生的红头发的孩子，正独自端坐在最前面的座位上。而且那个座位还正好就是这个哭泣的孩子的座位。另一个孩子也差不多要哭出来了，但他还是勉强瞪大了眼睛，狠狠盯住那个孩子。

这时，从溪流上游传来"嘿吼，嘿吼"的吆喝声，然后就看见嘉助像一只大乌鸦似的，拿着书包，笑着朝操场跑来。就在他身后，还有佐太郎和耕助他们，也一个个蜂拥而至。

"为啥哭啊？肚子疼吗？"嘉助抓住那个没哭的孩子的肩膀问道。于是那个孩子也"哇"地哭了起来。大家觉得奇怪，往周围一看，只见那个奇怪的红头发小孩挺着胸，若无其事地坐在教室里。大家安静了下来。渐渐地女孩们也到齐了，但谁都没说什么。

那个红头发的孩子面无惧色地端坐着，一动不动地看着黑板。

这时，六年级的一郎来了。一郎一副大人的模样，慢慢地迈着大步走来。他看了看大家，问道："怎么啦？"大家这才叽叽喳喳地嚷嚷起来，指着教室里那个奇特的孩子。一郎朝那边看了一会儿，随即抱紧了书包快步向窗边走去。

大家全都打起精神，紧跟着一郎走了过去。

"这是谁呀？还不到上课时间就进教室？"一郎趴在窗台上，把头伸进教室里说。

"天气好的时候擅自进教室，会挨老师骂的。"窗台下的耕助说。

"挨了骂俺才管不着呢。"嘉助说。

"赶快出来吧。出来!"一郎说。可是那个孩子只管眼睛滴溜滴溜地看看教室,又看看大家,依然坐在椅子上,双手规规矩矩地搁在膝头。

那样子看起来实在很奇怪。他身穿一件样式古怪的鼠灰色的宽大外衣,下面是白色短裤和红色半筒皮靴。脸蛋就像熟透了的苹果,尤其那双漆黑的眼睛,长得圆溜溜的。看样子话也说不通,一郎简直不知怎么办才好。

"那家伙肯定是外国人吧。""他也要上学啊?"大家叽叽喳喳地议论着。

然后五年级的嘉助突然叫道:"啊,是上三年级的。"

"哦,这样啊。"低年级的孩子都这么想。而一郎却歪着脑袋一言不发。

那个奇怪的孩子依然端端正正坐着,只有眼睛滴溜滴溜地朝这边看。

这时,一阵风"呼——"地吹来,教室的玻璃窗全都被吹得咔嗒作响,教室后山的茅草和栗子树都不停地摇摆着,显得异样苍白。教室里的那个孩子不知为什么嘻嘻一笑,似乎稍微

动了一下。嘉助立刻叫了一声："啊,我知道了。那小子就是风之又三郎[1]啊!"

大家都觉得很有道理。就在这时,五郎在后面大叫了一声:"哇!好疼啊!"

大家都朝那边看去,五郎被耕助踩了脚趾,他生气地要去打耕助,而耕助也生气了,说:"哇——你自己的错,还打别人!"

然后又要去打五郎。五郎满脸都是泪水,抓着耕助就要扭打起来。这时一郎站到他们中间,嘉助按住了耕助。

"喂!你们还敢打架,老师已经到办公室啦。"

一郎边说边朝教室的方向看去,顿时惊呆了。刚刚还在教室里的那个奇怪的孩子已经消失得无影无踪。大家感到很失落,就像把好不容易才交上朋友的小马送到了远方,又仿佛把费了好大力气才捉到的山雀放飞了。

风再次呼啸着吹来,吹得玻璃窗咔嗒咔嗒地响,后山上的茅草翻卷着苍白的波浪向上游方向涌动。

"哎,就因为你们吵架,又三郎君不见了啊。"嘉助生气地说。大家也都这么想。五郎内疚得忘了脚痛,垂头丧气地耸着肩膀站着。

"看来那家伙就是风之又三郎啊!"

---

1 风之又三郎,日本民间传说中风神的孩子。

"他可是在二百一十日[1]来的哦。"

"还穿着鞋呢。"

"还穿了衣服呢。"

"头发红红的,真是个怪孩子啊。"

"哎呀快看呀,又三郎在我桌子上放了石块儿!"一个二年级的孩子说。只见那孩子的桌子上确实放了块脏脏的石头。

"对呀,那里的玻璃也打坏了!"

"不是的!那是放假前嘉一用石头打坏的。"

"对对,不是他。"

正说着,不知怎么回事,老师从正门走了进来。老师右手拿着一个亮锃锃的口哨,已经做好了集合的准备,就在他身后,刚才那个红头发的孩子就像狐仙出游时的跟班似的,戴了顶白帽子,跟在老师身后脚步从容地走过来。

大家都安静下来。终于,一郎说:"老师早上好!"大家也跟着说了一声:"老师早上好!"

---

1 二百一十日,自立春起的第二百一十日。一般在九月一日左右。与九月十一日左右的"二百二十日"一样,因为正逢台风多发季节,秋收前的农作物容易受到损害,都是农家忌讳的日子。

"同学们早。大家都好吗？来，把队排好。"老师把哨子"嘟噜噜"地吹响了。哨声传到河谷对面的山上，又"嘟噜噜"地传来低沉的回响。

一切又回到了放假前的模样。大家一边想着，一边按年级分别排成了六年级一人、五年级七人、四年级六人、三年级十二人的队列。

二年级的八人和一年级的四人做着向前看齐的动作排好了队形。而这时那个奇怪的孩子站在老师身后，不知是好奇还是吃惊，一副好像用后槽牙咬着舌头边儿似的表情紧盯着大家。然后老师说："高田同学，站到这边来。"说着，把他带到四年级的队列跟前，让他跟嘉助比了个儿之后，安排他站在了嘉助和后面的阿清之间。大家都回过头一动不动地看着他们。

老师又回到大门前，发出"向前看齐"的号令。

大家又一次向前看齐，把队列排整齐了。但其实大家都很想看看那个奇怪的孩子在干什么，纷纷扭头或瞟眼朝那边看。而那个孩子像是也知道怎么向前看齐，很自然地伸出双臂，指尖差不多触到嘉助的后背的样子，嘉助感觉后背痒痒的，不禁有点儿扭捏起来。

"稍息。"老师又发出号令。

"从一年级开始，向前进。"于是一年级的孩子迈开了脚步，随后二年级、三年级也迈步从大家面前一溜儿地走过，朝右边放着个鞋箱的入口走了进去。四年级起步的时候，刚才那个孩子也跟在嘉助身后大摇大摆地走过去。走在前面的孩子不时地回头看，后面的孩子也一动不动地盯着他。

不一会儿，大家都把鞋放进鞋箱，然后进了教室，就像在外面排列的那样，按年级排成一列列坐在桌前。刚才的孩子也若无其事地坐在了嘉助后面。教室里顿时热闹起来。

"哇！俺的座位变了呀！"

"哇！俺课桌里放了石头！"

"喜耕、喜耕，你成绩册带来了吗？俺的忘拿啦。"

"哇——佐野，铅笔借一下，铅笔借一下嘛！"

"干啥呢！不许拿人家的练习本！"

这时老师走了进来，大家一边嚷嚷着，一边站起来。一郎在最后排说了一声："敬礼。"

大家敬礼的时候稍稍安静了一下，随后又叽叽喳喳地嚷嚷开了。

"同学们，静一静。请安静。"老师说。

"嘘！悦治，吵死了！嘉助！喜耕——喂！"一郎在后排把吵得最凶的孩子一个个呵斥了一遍。

大家安静了下来。老师说：

"同学们，漫长的暑假过得很开心吧？大家一定都是从早上就去游泳，在树林里大声呼喊，喊声比雄鹰还要响亮。还跟着哥哥去上野原割草了吧？不过，暑假在昨天就已经结束了。从今天开始就是秋季第二学期¹了。俗话说,秋天神清气爽,身体健康,是最适合学习的季节。所以,大家从今天开始也要一起好好学习。另外,这个学期,大家又多了一个朋友。那就是坐在那边的高田同学。他的父亲这次因为工作调动,搬到了上原野的入口。高田同学之前在北海道的学校上学,不过,从今天开始,他就是大家的朋友了。不论是在学校学习的时候,还是去捡栗子或捉鱼的时候,大家都要约上高田同学一起去。明白了吗?明白的人请举手。"

大家立刻举了手。那个叫高田的孩子也高高地举起了手。老师笑了笑,又接着说:"都明白啦?好的。"

于是像火苗熄灭似的,大家忽地把手放下了。

但嘉助又立刻举起手,喊了一声"老师"。

"请说。"老师指了指嘉助。

"高田同学叫什么名儿呀?"

"叫高田三郎。"

"哇!太巧了。他还真是又三郎呐。"嘉助拍着手,几乎在课桌前

---

1 第二学期,日本的新学年从四月开始,到暑假放假为第一学期,从九月开始到年底为第二学期。年末放寒假,年初开学后为第三学期,之后三月放春假至学年结束。

手舞足蹈起来。大孩子们都"哄——"地笑了。但三年级以下的孩子们都像是很害怕的样子，静悄悄地望着三郎那边。

老师又说道："今天大家都把成绩册和作业本带来了吧？带来的同学请把本子放到桌子上面。我这就去收。"

大家都噼里啪啦地打开书包或解开包袱皮，把成绩册和作业本摆到了桌子上。

于是，老师从一年级开始按顺序收集。这时大家都吓了一跳，因为身后不知什么时候站了一个大人。那人身穿宽大的白色麻布上衣，用一条油亮油亮的黑丝巾当领带系在脖子上，手里拿白色扇子，一边轻轻地往自己脸上扇风，一边笑眯眯地俯视着大家。这一来大家渐渐没了声儿，都吓得不敢动了。但老师对那个人并不在意的样子，只管依次收集着成绩册，去到三郎的座位时，三郎没有成绩册也没有作业本，只是两手握成拳头搁在桌子上。老师默默地从一旁经过，把大家的本子都收好后，用双手整理着，回到了讲台。

"那么作业本会在下个星期六改好发给大家。今天没带来的同学明天一定要记得带来。是悦治同学、耕次同学和良作同学对吧？那么今天就到这里。从明天开始，上学要像往常一样做好准备。另外五年级和六年级的同学留下来跟老师一起做清洁。好，今天就到这里。"

一郎说了声"起立"，同学们便一齐站起来。后面那个大人也放下扇子站了起来。

"敬礼。"老师和同学们都行了一个礼。后面的大人也微微点了点头。然后低年级的孩子们一溜烟地冲出教室，而四年级的孩子们都还在磨蹭着。

于是三郎朝刚才那个穿着宽大的白衣服的人那边走去。老师也走下讲台来到那人面前。

"您辛苦了。"那个大人郑重地向老师行礼。

"大家很快就会成为朋友的。"老师一边还礼一边说。

"还请您多多关照。那我就告辞了。"那人又郑重地还礼，然后看了三郎一眼，示意自己会到大门外等候。三郎在大家的注视下瞪着清亮的眼睛，默默走出楼梯口，追上那人后，两人就穿过操场朝溪流下游的方向走去。

"老师，那个人是高田同学的爸爸吗？"一郎拿着扫帚问老师。

"是的。"

"他来干啥呀？"

"听说上野原入口那边发现了一种名叫'钼（mù）矿'的矿石，他是来为开采做准备的。"

"是哪一带啊？"

"我也不太清楚，应该是比大家平时放马的路再稍稍往下游一点的地方。"

"钼矿用来做什么呀？"

"听说是用来跟铁混合，或是用来做药。"

"那又三郎也要挖矿吗？"嘉助说。

"不是又三郎,是高田三郎。"佐太郎说。

"就是又三郎,就是的。"嘉助涨红了脸,坚持说。

"嘉助,你也是留下来的,还不快扫地!"一郎说。

"嗨,我才不干呢。今天应该轮到五年级和六年级嘛。"

嘉助急急忙忙地冲出教室逃走了。

风又吹来,玻璃窗又咔嗒咔嗒地响起,泡着毛巾的水桶里也泛起小小的黑色涟漪。

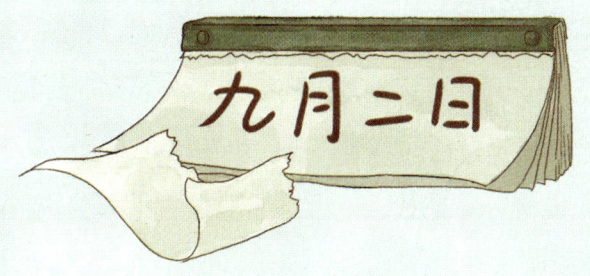

第二天，一郎很想看看那个奇怪的孩子今天会不会真的来学校念书，于是早早地约了嘉助。而嘉助像是比一郎更想知道似的，已经吃完饭，拿上装了书的包袱皮，在家门口等着一郎呢。两人一路上议论着那个孩子的种种，一边来到学校。只见操场上聚了七八个低年级的孩子，在那里玩藏棍子的游戏。那个孩子还没来。他会不会像昨天那样又在教室里呢？他们探头看了看，教室里静悄悄的，空无一人，黑板上昨天做清洁时用抹布抹过的痕迹干掉了，变成一道道模糊的白色条纹。

"昨天那个家伙还没来呢。"一郎说。

"嗯。"一郎说着，也四处张望。

一郎去到那边的单杠下面，用一种叫作"打挺"的办法勉强上了单杠，两臂一点点挪到右边的托架，在那里坐稳了，眼睛眺望着昨天又三郎[1]离开的方向。溪水亮闪闪地向那边流去，下游的山上好像也吹着风，茅草不时地泛起白色的草浪。嘉助也在单杠下面一动不动地守望着。不过两人没有等待太久，就看见又三郎右手抱着灰色的书包，突然从下方的路上跑过来。

"来啦！"一郎不由得正要对下面的嘉助喊，只见又三郎已经迅速地绕过河堤快步走进了正门，口齿清晰地说："早！"

大家一起回头看他，但谁都没有应声。因为老师一向教给大家说的是"早上好"，互相之间从没说过"早"，又三郎这么说，一郎和嘉助都一时不知怎么回应才好，终于没能说出个"早"来，只是在嘴里嘟哝了一下。不过又三郎对此似乎毫不介意，往前走了两三步便停住了，站在那里滴溜着乌黑的大眼睛朝操场那边张望，似乎想找个玩伴。然而大家虽然紧盯着又三郎这边，却都扭捏着，依然继续忙着玩藏棍子的游戏，谁都没去接近又三郎。又三郎有点难为情地站在那里，把目光再次转向了操场，然后像是要用脚步丈量一下操场究竟有多大似的，从正门大步走向校舍门口，一边数着步数。一郎突然从单杠上跳下来，站在嘉助身旁，屏住了呼吸看着这一切。

这时又三郎走到对面的门口，又转朝这边，微微歪着脑袋站了一会儿，好像在做心算。

---

[1] 又三郎，"又三郎"是孩子们根据"风之又三郎"的传说给三郎取的外号。"三郎"与"又三郎"在各章节中有不同程度的混用。译文对此名称均遵照原文。

大家依然紧紧盯着他那边。又三郎似乎有些困惑，他把两手背在身后，走过办公室门前，朝着对面河堤那边走去。

这时一阵风"呼——"地吹来，河堤上的草被吹起了层层波浪，操场中间卷起了尘土，尘土吹到正门前时，飞快地旋转起来，变成了一股小旋风，那旋转的黄色尘土就像一个倒过来的瓶子正在升起，渐渐升得比屋顶还高。

这时嘉助突然高声说："我说呢！那家伙就是又三郎！他只要一有动静，准会刮风。"

"嗯。"一郎不太明白，只是默默看着那边。又三郎对这事似乎毫不介意，只管朝河堤方向大步走去。

这时老师跟往常一样，拿着哨子从校舍里出来了。

"老师早上好！"低年级的孩子们都跑过去集合。

"早！"老师环视了整个操场后说，"大家排好队。"说着嘟嘟吹响了口哨。

大家聚集过来，像昨天一样排列好。又三郎也规规矩矩地站在了昨天指定的位置。老师正对着太阳，阳光有些刺眼，他细眯了眼睛不断地发出号令，终于大家都从楼梯口走进了教室。

行礼之后，老师说："我们从今天起就要开始学习了。大家文具都带齐了吧？接下来，一年级和二年级的同学把字帖、砚台和纸拿出来，三年级和四年级的同学拿出你们的算术本、练习本和铅笔，五年级和六年级的同学把国语课本拿出来。"

整个教室里顿时热闹起来。又三郎旁边四年级的座位上，佐太郎突然伸手把三年级的加代的铅笔一把夺了过来。加代是佐太郎的妹妹。

加代嚷嚷起来："哇——哥哥不许拿我的铅笔！"一边要去夺回来。

佐太郎说："哼，这可是我的！"说着把铅笔放进怀里，然后像中国人作揖那样，把两手插进袖子里，胸口紧贴着桌子坐下了。

加代立刻站起来，说："哥哥！哥哥的铅笔前天不是在库房里弄丢了吗？快还给我！"说着拼命地想去把铅笔夺回来。但佐太郎紧贴着桌子怎么也不松开，仿佛变成了一个巨大的螃蟹化石一般。加代站在那里咧着嘴几乎要哭出来了。

又三郎把国语课本端正地摆在桌子上，像是很为难地看着这情景。他见加代终于眼泪止不住地流下来，就默默地把右手拿着的半截铅笔放在了佐太郎面前的桌子上。

佐太郎立刻精神一振，嗖地站了起来，然后问又三郎："给我吗？"

又三郎似乎稍有些犹豫，然后下定了决心似的，答应说："嗯。"

佐太郎立刻笑逐颜开，把怀里的铅笔塞回加代那红通通的小手里。

老师在对面给一年级的孩子往砚台里添水，嘉助坐在又三郎前面，所以没看到这一幕。但一郎坐在最后排，把这一切都看在眼里。

他有种不知说什么才好的奇特的感觉，不禁把牙齿咬得咯吱作响。

"接下来，三年级的同学把放假前学过的减法再复习一遍。请算一算这道题。"老师在黑板上写下"25－12＝"，三年级的同学们都认真地把这道题抄写在练习本上。加代写呀写呀，脑袋几乎都贴在本子上了。

"四年级同学算一下这个。"老师说着，写下"17×14＝"，四年级的佐太郎、喜藏还有甲助他们都把这道题抄下了。

"五年级同学打开国语读本默读，尽量多读一些。有不认识的字就挑出来写在练习本上。"五年级的同学也都照老师说的开始读课本。

"一郎同学你也看一下国语读本，有生字就抄写下来。"

安排好之后，老师又走下讲台，去逐个地指导一年级和二年级同学写字。

又三郎两手捧着书，端正地放在桌子上，气也不喘地读着老师指定的课文，然而练习本上一个字也没写。不知是因为真的没有生字，还是因为唯一的一支铅笔给了佐太郎。

然后老师回到讲台，讲解了三年级和四年级同学的算术题并出了新的题，接着又把五年级同学在练习本上记下的生字写在黑板上，并标记了读音和解释，又说："嘉助同学读一下这里。"嘉助磕巴了两三次，在老师的指导下读完了。又三郎默默地听着。老师也合上课本听着，等嘉助读了大约十行后说"就到这里"，然后自己接着读了。

就这样，一轮指导结束后，老师让大家把用具都收拾好，然后站上讲台，说："就到这里，下课。"

一郎在后排喊道："起立！"

大家行了礼以后依次往外走，这次并没有在外面列队，而是各自三五成群地玩耍。

第二节从一年级到六年级都是音乐课。老师拿出曼陀林[1]，大家跟着曼陀林，把之前唱过的五首歌都唱了一遍。

这些歌又三郎也都会唱，大家都唱得很好。这堂课时间飞快地过去了。

到了第三节课，三年级和四年级上语文课，五年级和六年级是数学课。老师把习题写在黑板上，让五年级和六年级的同学解答。不一会儿，一郎就答完了。他不经意地往又三郎那边看了一眼。只见又三郎不知从哪儿拿了块烧过的木炭，正往练习本上用很大的字吱吱咯咯地写着算式。

---

1 曼陀林，又译"曼陀铃"等。木制拨弦乐器。琴身为半梨形。共八根弦，音色清澈。

这天早晨,天气晴朗,溪水哗啦啦地流着。一郎在途中约了嘉助和佐太郎,一起去三郎家。从学校往溪流下游走一段,跨过溪流之后,大家在岸边各自折了一枝柳条,把绿色的外皮一圈圈剥掉,做成鞭子拿在手里嗖嗖挥舞着,一边沿着通向上野原的路往山上走去。没多久,大家都累得气喘吁吁。

"又三郎真的会到泉水那里等着吗?"

"肯定等着呢。又三郎不会说假话的。"

"真热啊!要是刮风就好了。"

"不知从哪儿来的,风真的刮起来了。"

"没准儿是又三郎刮的呢。"

"好像太阳也有点变暗了。"

天空中出现几朵白云。他们已经爬到很高的地方。脚下能看见远处山谷里的村庄,一郎家那座小木屋的屋顶闪着白色的光。

路拐进了树林里,路面顿时变得湿漉漉的,周围一片模糊。不一

会儿，终于走到了大家约定的泉边。

这时传来三郎的喊声："喂——大伙儿都来了吗？"

大家都三步并作两步奔跑着爬了上去。只见就在对面的拐角处，又三郎抿着小小的嘴唇，正看着他们三个一路跑上来。三人终于来到三郎面前，因为喘得上气不接下气，一时话也说不出来。嘉助更是着急得很，朝天空"嚯、嚯——"地吼了几声，只想赶快缓过气来。三郎看他们这样，不禁大声地笑了。

"我等了好久了。看样子今天会下雨。"

"那我们赶紧去喽。我得先喝口水。"

三人擦了汗，蹲下身来，雪白的岩石间汩汩涌出冰凉的泉水，他们用手捧起泉水，喝了一口又一口。

"我家离这里很近，就在那边的山谷上面，大家回去的时候可以顺便去我家。"

"嗯。还是先去上野原吧。"

大家再次迈开脚步时，泉水像是要对他们诉说似的，"咕嘟"响了一声，附近的树叶不知为什么也发出"唰啦"的声响。

四个人沿着树林边缘的草丛往前走，又经过好几处岩石碎裂的地段之后，来到上野原的入口附近。

来到这里，他们顺着走来的方向再次向西眺望。在一座座忽明忽暗的山丘尽头，河流沿岸延绵着雾气迷蒙的绿色原野。

"哎，那是河水呀。"

"就像春日明神[1]的衣带一样。"又三郎说。

"你说像什么来着？"一郎问。

"像春日明神的衣带呀。"

"那你见过神灵的衣带吗？"

"我在北海道看见过。"

大家不明白是什么东西，都沉默了。

那里已经是上野原的入口，割得平平整整的草地上挺立着一棵巨大的栗子树，树干的根部有个焦黑的大窟窿，树枝上挂着些破旧的绳索或是穿坏的草鞋之类。

"再往前走一点儿，就到大家一起割草的地方了。有的地方还有马呢！"一郎说着走到了前面，沿着割过的草丛中的一条路快步走去。

三郎站在他后面说："这里没有熊，放马也不要紧哦。"说完也迈开了脚步。

他们走了一会儿，路边一棵巨大的橡树下，扔着一个绳编的袋子，地上还杂乱地堆着许多草捆。

有两匹马见到一郎，便"噗噜、噗噜"地打起了响鼻。

"哥哥，你在吗？哥哥，我们来啦。"一郎边擦汗边喊。

"喂——哎——待在那儿别动！我这就过去。"

远处的山洼里传来一郎哥哥的声音。

---

[1] 春日明神，春日神社祭祀的神灵。

太阳突然亮了,哥哥从对面的草丛中笑嘻嘻地走出来。

"来得正好!把大伙儿都带来啦。来得正好!回去时记得把马牵回去。今天过了中午肯定会是阴天的。我还得再割些草。你们要玩就到那边的堤坝¹里玩吧,还有二十多匹牧场的马在那儿呢。"

哥哥正要往对面去,又回过头说:"千万不要到堤坝外面来哦,迷了路可就危险了。到中午我会再来的。"

"嗯,我们会待在堤坝里的。"

一郎的哥哥走了。天空布满了薄薄的云彩,太阳变得像一面白色的镜子,朝着跟云彩相反的方向远去了。渐渐刮起了风,周围没割的草随风起伏。

一郎领头,沿着小路径直往前,不一会儿就到了堤坝近前。堤坝上有一处缺口,上面横放着两根圆木。佐太郎正想从下面钻过去,嘉助说:"我来把这玩意儿挪开。"说着把圆木的一头拔出来放在地上,于是大家都跳过圆木往堤坝里走去。

在对面地势稍高的地方,聚集着七匹毛皮锃亮的棕色马,正悠闲地甩动着尾巴。

"这些马都得值一千块以上吧。来年都要送去参加赛马呢。"一郎一边走过去一边说。

马儿们像是早就耐不住寂寞似的,都往一郎他们这边聚集过来。

---

1 堤坝,用来区隔牧场,防止牛马逃走的土埂。

它们都一个劲儿地把鼻子凑过来，似乎想讨要什么。

"哈哈，它们想讨盐吃呢。"大家说着伸出手给马儿舔。似乎只有三郎还不习惯跟马打交道，很害怕似的把手放进口袋里。

"哇，原来又三郎害怕马儿呀！"佐太郎说。

"我才不怕呢！"三郎说着立刻把口袋里的手伸到马儿面前，可是当马儿伸头过来，舌头刚一伸出，他又吓得变了脸色，飞快地把手缩回了口袋里。

"哇——原来又三郎害怕马儿呀！"佐太郎又说。

三郎害臊得脸都红了，扭捏了半天，才说："那咱们一起玩赛马吧！"

大家都想，赛马该怎么玩呢？

这时三郎说："赛马我看过好多回呢。不过，这些马儿没佩马鞍骑不了啊。要不大家一人赶一匹马儿，看，就是那棵大树那里，谁先跑到就算谁第一吧。"

"真好玩儿。"嘉助说。

"要是被放马人看见了，会挨骂的。"

"没事。这些是要送去比赛的马儿，必须练习的。"三郎说。

"好嘞，我要这匹。"

"这匹是我的。"

"那，我要这匹也行啊。"

大家一边吆喝，一边用柳条或茅穗轻轻拍打马儿。可是马儿一动也不动,依然低下头吃草,或是伸长了脖子,像是要把周围的风景看清楚似的。

一郎把两手"啪"地一拍,然后吆喝了一声:"驾!"只见七匹马突然昂起头一齐奔跑起来。

"真厉害!"嘉助跳起来撒腿就跑。

可是马儿们的样子怎么看也算不上赛马。因为它们只管齐头并进地往前跑,而且跑得也没有比赛那么快。即便这样,大家还是觉得很有趣,嘴里一边喊着"驾!"一边拼命地紧追在马群后面。

马儿们没跑多远就放慢了脚步。大家都气喘吁吁的,但还是坚持着去追赶马儿。这时,马儿们兜了个圈子,转到了刚才那个小土丘旁,就是刚才他们四个走进来的那处堤坝缺口附近。

"哎,马儿跑了,马儿跑了。摁住!摁住!"

一郎大喊,脸都吓绿了。确实,马儿们已朝堤坝外面跑去。它们噔噔地跑起来,眼看就要跨过刚才那几根圆木了。

"吁、吁、吁,吁——"一郎急坏了,边喊边拼命地跑上去,好不容易跑到那里,差点儿就要摔倒了。当他张开手臂时,已经有两匹马跑出去了。

"快来给我拉住。快来!"一郎上气不接下气地喊着,一边把圆木放回原来的位置。三人跑过去,急忙从圆木下面钻到外面,只见两匹马已停下脚步,站在堤坝外面,正用嘴拉扯着草吃。

"慢慢地摁住!慢慢地!"

一郎说着,把一匹马的马羁上的牌子牢牢地抓住了。嘉助和三郎想去抓住另一匹马,刚走过去,马儿像是受了惊,一溜烟地顺着堤坝向南边跑了。

"哥——马儿跑了!马儿跑了!哥——马儿跑了!"一郎在后面拼命喊着。三郎和嘉助拼命地追赶。

可是,马儿这回是铁了心要逃似的,穿过几乎齐身高的草丛,沿着高低起伏的山丘跑远了。

嘉助腿已经麻了,不知该往哪里跑,也不知该怎么跑。周围一片昏暗,他感到晕头转向,终于倒在了茂密的草丛里,最后只看见马儿棕红的鬃毛,和追着马儿远去的三郎头上的白帽子。

嘉助仰望着天空。天空白晃晃的,不停地旋转着,近处有浅灰色的云飞快地驰过,还发出轰隆的响声。

他费力地站起来,一边急促地喘息,一边朝马儿逃走的方向走去。草丛里还有刚才马儿和三郎经过时留下的痕迹,隐约有路的样子。嘉助笑了,心想:哼!什么呀,马儿一定是害怕了,悄悄躲在哪里呢。

于是嘉助使出浑身的力气追了上去。然而沿着那勉强算是路的小径走了还不到一百步,就发现在败酱草和高大漂亮的野蓟(jì)丛中分出了两三条岔路,不知该往哪里走才好。

"喂——"嘉助大喊。

"哎——"不知从哪里传来似乎是三郎的喊声。

嘉助心一横，往中间那条路走去。但那条路也是不时地中断，有时还要横穿一些马儿不可能走过的陡峭的地方。

天空变得阴沉沉的，周围的雾气也浓重起来。冷风吹过草丛，云朵和雾气被吹得七零八落，从眼前嗖嗖地飘过去了。

嘉助心想：啊，糟了。接下来倒霉事得一块儿来了。

果然如此，转眼间马儿经过草丛时留下的痕迹就消失了。

草弯下身子，发出噼啪噼啪或唰啦唰啦的响动。雾气越发浓重，他的衣服全都湿透了。

嘉助扯开嗓门大喊："一郎，一郎快来呀！"

然而听不到任何回应。就像从黑板落下的粉笔灰那样，昏暗阴冷的雾里，到处舞动着水汽，周围很快安静下来，阴森极了。从草丛里传来水珠滴答滴答滑落的声音。

嘉助急忙往回走，一心只想回到一郎他们身边，然而周围跟来时已经不一样了。首先蓟草实在太多，并且草丛中刚才不曾有过的岩石碎片，现在却散落得到处都是。然后眼前竟突然出现了一道从未听说过的巨大峡谷。芒草沙沙地响着，就像对面那深不见底的峡谷，让人不由得担心它们会消失在雾里。

每当风吹过来，芒草穗子就伸出无数纤细的手臂，忙碌地挥动着，好像在说：

"哦，西边。哦，东边。哦，西边。哦，南边。哦，西边。"

嘉助不敢再看，闭上眼睛把头转了过去，然后快步往回走去。一条黑色的小路突然出现在草丛里。那是无数马蹄踩出的印迹形成的。嘉助着了迷似的，嘿嘿笑了一声，沿着那条路快步走去。

然而令人担忧的是，小路时而只有五寸宽，时而又变成三尺宽，好像还不停地拐来拐去。最后，嘉助来到一棵树冠被烧焦的大栗子树下时，路隐隐约约地分成了几条。

雾气中这里看起来像个圆形广场，很可能是野马聚集的地方。

嘉助有点儿失望，又沿着昏暗的小路往回走。不知什么草的草穗静静地摇摆，当风吹得稍猛些的时候，仿佛有什么正从某处发号施令，周围的草都一齐低下身子给嘉助让道。

天空闪过一道亮光，发出叮咚叮咚的鸣响。突然眼前的雾里出现了一个房屋那么大的黑色物体。

嘉助一时不敢相信自己的眼睛，站着没动，但怎么看它都像是一座房子，他提心吊胆地凑近一看，原来是一块冰冷的黑色巨岩。

天空不停地旋转，明晃晃地摇着，草哗啦一下，把水滴全抖落了。

"要是一不小心往原野那边走下去，又三郎和我都得没命了。"嘉助这么想着，一边自言自语。然后他又喊道："一郎，一郎你在吗？一郎！"

天色又亮了起来。野草们一齐散发出欢欣的喘息。

"伊佐户的镇上,有个电工的孩子,被山男¹用绳子把手脚给捆住了。"记得是谁曾说起的话题,这时清晰地回响在耳边。

黑色的路突然消失了。一时间周围一片寂静,然后刮起了狂风。

天空像旗帜那样闪烁翻飞,燃起噼噼啪啪的火花。嘉助终于一头倒在草丛里睡着了。

这一切仿佛都已经是久远的往事了。

只见又三郎就在眼前,伸腿坐着,默默地仰望着天空。不知什么时候,他在平时那件鼠灰色的外衣上披了一件亮晶晶的玻璃斗篷,脚上还穿了一双闪耀的玻璃鞋子。

又三郎的肩上落着栗子树绿色的树影。他的影子又绿莹莹地落在草上。风依然不停地呼啸着。又三郎脸上没有笑容也不说话,只是紧紧抵起小小的嘴唇,默默地望着天空。突然他飞上了天空,玻璃斗篷闪烁着晶莹的光芒。

---

1 山男,传说中住在深山里的妖怪。类似野人,也有人认为是古时被驱逐的原住民的后人。

嘉助忽然睁开了眼睛。迷蒙的雾气极其迅速地缭绕着。

一匹马静悄悄地伫立在嘉助跟前。它像是很害怕嘉助，故意把眼光转朝另一边。

嘉助一骨碌跳起来，抓住了马羁上的牌子。从马身后，三郎紧紧抿着几乎没有血色的嘴唇走了出来。嘉助吓得浑身发抖。

"喂——"雾里传来一郎哥哥的叫声，还听得见轰隆隆打雷的声音。

"喂——嘉助，在吗？嘉助！"也听见一郎的声音。

嘉助高兴得跳了起来。

"哎——在呢，在呢。一郎！喂——"

一郎的哥哥和一郎突然出现在眼前。嘉助顿时哭了起来。

"可找到你了。好险呐！都湿透了呀。"一郎的哥哥熟练地揽住马脖子，用带来的马嚼子飞快地套住了马嘴。

"好嘞。走吧。"

"又三郎也吓坏了吧？"一郎对三郎说。三郎没出声，依然抿着嘴，点了点头。

大家跟随一郎的哥哥翻过两三个缓坡后下了山，来到一条黑色的大路上，又走了一段。

途中有两次闪电，闪烁着微微的白光。能闻见草烧着的气味，一团团云烟流动在雾气之中。

一郎的哥哥大声喊道："爷爷！找到了。找到了。都找到了。"

爷爷站在雾气里答应："哎，真是担心坏了，担心坏了。哎，太好啦。嘉助啊，很冷吧？快进来。"

看来嘉助和一郎一样，都是这位老爷爷的孙子。

在一棵被烧掉了半边的大栗树脚下，有一间茅草搭的小窝棚，里面燃着红红的火苗。

一郎的哥哥把马儿拴在青冈树上。马儿"嘶嘶"地叫着。

"唉，真难为你了呀。哭鼻子了吧？这孩子是矿山的孩子吧？来，大伙儿快过来，吃团子。快吃吧。我这就把这些也烤了。唉，你们究竟跑了多远啊？"

"跑到了笹（tì）长根的下山口。"一郎的哥哥回答。

"好险呐！好险呐！要是从那边下去的话，马和人可都没救了。来，嘉助，快吃团子！这孩子你也快吃。来来，把这个也吃了。"

"爷爷，我把马儿送回去。"一郎的哥哥说。

"好的好的，要不然放马的来了又得嚷嚷了。你在下头稍等一等，天又会放晴的。唉，真是担心坏了。俺也去虎子山下面找了一趟。唉，找到就好。天也要晴了。"

"可是今早明明天气那么好。"

"嗯，又会转晴的。哎呀，漏雨了。"

一郎的哥哥走了出去。屋顶上发出咔嚓咔嚓的声响，爷爷笑着抬

头看了看屋顶。

哥哥又走进来。

"爷爷,天晴了。雨也停啦。"

"嗯嗯,是吗?来,大家好好烤烤火。俺还得割草呢。"

雾气忽然止住了,太阳光朗朗地照进来。太阳稍有些西斜了,几片白蜡般的雾气,还没来得及散去,无奈地闪亮着。

水珠闪烁着从草上落下来,所有的叶子、枝干和花朵都在吸收着它们今年最后的阳光。

远处西边的绿色原野,就像刚哭过似的,露出了灿烂的笑颜,对面栗子树后映照着绿色的光环。大家都很疲劳,由一郎带头,顺着原野下了山。在泉水那里,三郎依然紧闭着嘴巴跟大家告了别,自己一个人返回了父亲的小屋那边。

回程途中,嘉助说:"我看这小子肯定是风神。肯定是风神的儿子。那地方肯定是他们俩的老窝吧。"

"才不是呢。"一郎高声说。

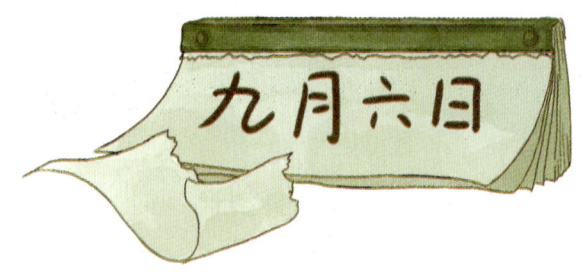

这天早上下了雨。从第二节课开始，天空渐渐明亮，到第三节课结束后的十分钟休息时间，雨终于完全停了。这里那里露出了仿佛刚刚削开的蓝天，那下面一片片鱼鳞云不断飞向东边，从山间的茅草上，从栗子树上，残留的云像热气般升腾着。

"下了课，要不要去摘葡萄啊？"耕助对嘉助悄声说。

"去啊去啊。又三郎也去吗？"嘉助邀请道。

耕助说："哎呀，那地方俺才不告诉又三郎呢。"

三郎也不知情，于是说："去啊。我在北海道也摘过。我妈妈腌了两罐呢。"

"去摘葡萄能不能带上我啊？"二年级的承吉也说。

"你不知道吧？才不告诉你呢，那里可是俺去年新发现的。"

大家都迫不及待地等着放学。第五节课一结束，一郎、嘉助还有佐太郎、耕助、悦治和又三郎六个人就从学校往上游方向上了山。走了没多远，前面有一栋稻草屋顶的房子，房前是烟草田。烟草枝干下面的叶子已经摘过，那绿色枝干好像树林似的排列得整整齐齐，形状十分有趣。

又三郎突然问："这叶子是什么呀？"说着就扯下一片给一郎看。

一郎大吃一惊，脸色一变，说道："喂！又三郎，摘烟叶可是要被专卖局骂的。喂！又三郎你都干了啥呀！"

"喂！人家专卖局可是每一片烟叶都要在本子上计数的。这下咱可管不着咯。"

"咱也管不着咯。"

"咱也管不着咯。"大家都异口同声地起哄。

三郎涨红了脸，一时不知如何是好，像是寻思着想说句什么。

"我不知道才摘的呀。"他气恼地说。

大家都很害怕的样子，像是担心有谁看见似的，望了望对面的房子。在冒着蒙蒙雾气的烟叶地对面，那房子静悄悄的，似乎并没有人在那里。

"那房子是一年级小助的家。"嘉助说，语气似乎缓和了一些。

然而耕助从一开始就很不高兴，明明是自己发现的葡萄丛，却要把三郎他们都带上，所以他又一次吓唬三郎说："喂！又三郎，无论你怎么说自己不知道都没用。喂！又三郎，这下看你怎么赔！"

又三郎露出困惑的表情，又沉默了一阵，才说："那我放这儿还不行吗？"说着，把那片叶子轻轻放在了刚才那棵烟草下面。

于是一郎说："快走吧！"说完带头往前走去，大家都跟着去了。

只有耕助还留在原地嚷嚷着:"嘿,咱可管不着哦。哎呀,又三郎怎么把叶子搁那里啦!"

看见大家都往前走了,耕助这才跟了来。

大家沿着茅草丛中的小路往山里走了不远,就看到一片朝南的洼地里到处是栗子树,树下长着一蓬蓬巨大的葡萄丛。

"这里是俺发现的,大伙儿可别摘太多啊!"耕助说。

三郎说:"我还是摘栗子吧。"说着捡了个石头,对准一根树枝扔去。一个绿色刺果掉了下来。

又三郎用棍子剥开刺壳,取出两个还是白色的栗子。大家都在一个劲儿地摘葡萄。

这时耕助要去另一处葡萄丛,经过一棵栗子树下时,突然从头上"哗哗哗"地落下许多水滴,他从肩膀到后背都被打湿了。他吓了一跳,大张着嘴巴抬头一看,不知什么时候又三郎爬到了树上,有点嬉皮笑脸的样子,他也正在用袖口擦脸。

"喂!又三郎你干啥呢?"耕助恨恨地仰望树上。

"是风吹的哦!"三郎在树上嘻嘻地笑着说。

耕助从树下走开,去了别处的葡萄丛开始摘葡萄。耕助摘下葡萄堆得到处都是,那数量他自己已经拿不了了,嘴巴也染成了紫色,看上去仿佛大了许多。

"差不多了,就拿上这些回去吧。"一郎说。

这时耕助又被泼了满头冰冷的水滴。他再次满脸惊讶地往树上看

去,但这回三郎并不在树上。

不过,在树的另一侧,露出了三郎那鼠灰色的胳膊肘,还传来"嗤嗤"的笑声,这回耕助真的生气了。

"喂!又三郎,你又往人身上泼水了吧!"

"是风吹的呀。"

大家哄然大笑。

"喂!又三郎,你是不是在那里摇树枝了?"

大家又是一阵哄笑。

耕助气得说不出话来,瞪着三郎说:"喂!又三郎,这世界没你才好呢。"

又三郎听了狡黠地笑了。

"喂!耕助君,失敬失敬呀。"

耕助还想说句别的什么,正要开口,却因为太过气愤,想不出该说什么,于是又把同样的话喊了一遍。

"喂!我说!又三郎,你这样的风,全世界没有才好呢。喂!"

"是我不好。可是也因为你捉弄我啊,太欺负人了!"又三郎眨了眨眼睛,可怜巴巴地说。

耕助的怒气依然没有平复,于是又把同样的话重复第三次。

"喂!又三郎,全世界都没有风才好呢。喂!"

又三郎似乎来了兴致,他嗤嗤笑着问道:"你说全世界没有风才好,有什么理由吗?你倒是一条一条地说说看呀。"

又三郎摆出老师的模样,伸出一根手指。

耕助像遇到了考试,心想这样可没劲透了,很是沮丧,但也没办法,沉思了一会儿说:"你尽干坏事,把伞都吹折了。"

"然后呢,然后呢?"又三郎很感兴趣似的走近一步问道。

"然后,你把树也刮断刮倒了。"

"然后,然后又怎样呢?"

"把房子也吹塌了。"

"然后呢,然后呢,还有什么呀?"

"把灯也吹灭了。"

"然后,还有吗?还怎么了?"

"把帽子也吹跑了。"

"然后呢,然后呢?"

"然后……把电线杆也吹倒了。"

"然后呢?然后呢?然后呢?"

"然后把屋顶也吹飞了。"

"啊哈哈哈,屋顶不也属于房子吗?怎么样?还有吗?然后呢?然后呢?"

"然后嘛,嗯,然后把油灯也吹灭了。"

"啊哈哈哈哈哈哈,油灯不也是灯吗?就这么点儿呀?喂,然后呢,然后呢然后呢?"

耕助被问住了。能说的几乎都说了,怎么寻思也想不出别的了。

又三郎越发淘气地竖起一根手指问："然后呢？然后呢？哎？还有吗？"

耕助涨红了脸，想了一会儿，好不容易才回答说："把风车也吹坏了。"

又三郎乐得简直要跳起来了。大家都笑得停不下来。

又三郎终于止住笑说："你看你，连风车都算上了。风车可不会觉得风不好哦。当然风有时候也会把风车吹坏，不过更多时候风车还是要靠风转动呀。你从刚才就没词儿了，所以才支支吾吾地瞎说一通对吧？最后竟然把风车什么的也算上了。哎呀，太好笑了！"

又三郎简直笑出了眼泪。耕助从刚才尽忙着犯愁了，渐渐地忘了生气，终于也跟着又三郎笑了起来。

又三郎也消了气，道歉说："耕助君，我不该跟你恶作剧，对不起。"

"好吧，该走啦。"一郎说着，把自己的葡萄给了又三郎五串。又三郎把白栗子分给大家每人两个。孩子们一起下山，来到山脚的路上，然后就各自回家去了。

第二天早晨，雾气湿漉漉的，学校后面的山也朦朦胧胧看不清楚。今天也是从第二节课才渐渐晴开了，没多久天空就变成了碧蓝色。太阳热辣辣地照着，到了中午，三年级以下的孩子放学后，天气热了起来，简直像夏天一样。

中午过后，老师在讲台上也热得不停地擦汗，不论四年级的习字课还是五六年级的图画课，都是又闷又热，让人画着画着就打起了瞌睡。

一上完课，大家马上相约去了河的下游。

嘉助说："又三郎，去游泳吗？低年级孩子这会儿都去了呢。"

于是又三郎也跟去了。

那地方比上次去上野原的路口距离下游更近一些，从右边汇入另一条溪流，形成一边稍微宽敞的河滩，那里的下游有一段山崖，长着一棵巨大的皂角树。

"喂——"先来的孩子们光着身子，举起双手朝这边招呼。一郎和

大家赛跑似的穿过河滩上的合欢树丛。他们飞快地脱掉衣服，嘭咚嘭咚地跳进水里，轮流抬起两腿，"啪啪"拍打着水面。大家在水里渐渐排成一条斜线，开始向对岸游去。

先来的孩子们也紧跟着游了起来。

又三郎也脱了衣服，跟在大家后面游着，游到一半却放声大笑起来。

一郎游到对岸，头发湿得像海豹似的，嘴唇也紫了。他一边瑟瑟发抖，一边问："喂，又三郎，你笑什么？"

又三郎也哆嗦着从水里爬上来，说："这河水真冷啊。"

"又三郎你笑什么？"一郎又问。

"你们的游法好奇怪啊。为什么要把脚扑腾出声响呢？"说着，他又笑起来。

"胡说！"一郎说。他似乎有点难为情。

"要不要玩捞石头？"他说着，捡起一块圆圆的白石头。

"要！要！"孩子们一起喊道。

"我就从树上往下扔喽。"

一郎说着，往半山坡上长出的一棵皂角树上嗖嗖地爬了上去，然后说："那我扔啦，一、二、三。"说着，把那白石头"咚"地往水潭扔去，大家都争先恐后地从岸上一头扎进水里，就像浅灰色的海獭那样，潜进水底去捡那颗石头。不过大家还没到底就憋不住气了，一个个浮出来，仰面朝天不停地换气。

又三郎一动不动地看着大家的游戏，等大家都浮上来之后，才独自跳进水里。然而他也是没到底就浮了起来。大家哄然大笑。

这时，在对岸长着合欢树的那片河滩上，有四个大人正朝这边走来，他们有的光着膀子，有的拿着渔网。

一郎在树上压低声音对大家喊道："哇，是炸鱼的啊。要装作没看见的样子。别捞石头了，大伙儿快到下游去！"

于是大家故意不看那边，一起往下游方向游去。一郎在树上，手搭凉棚，再次仔细确认之后，"嘭咚"一头扎进水潭里。然后他开始潜泳，一口气追上了大家。

大家在水潭下游一个有浅滩的地方上了岸。

"大伙儿要装作在玩儿没看见的样子！"一郎说。

大家有的捡砂石，有的追鹡（jí）鸰（líng），假装完全没注意到有人炸鱼这回事儿。

水潭对岸，在山下做矿工的庄助朝这边打量了一番之后，突然在沙子上盘腿坐了下来。然后，他从腰间慢慢拿出香烟，叼了烟管，吞云吐雾地抽起烟来。大家正纳闷，他又从围裙里拿出了一个东西。

"炸鱼啦！炸鱼啦！"大家叫了起来。

一郎摆手叫大家住了嘴。庄助用烟管的火静静地点着了那个东西。他身后的那个人马上跳进水里，把网拉好了。庄助不动声色地站起来，一步跨进水里，立刻把手里拿着的东西扔向皂角树下的水面。随后是"轰——"的一声巨响，水花翻腾而起。又过了一会儿，那周围发出了尖利的声响。对面的大人们都跳进了水里。

"好嘞,鱼就要漂下来了。大伙儿快抓啊。"一郎说。

不一会儿,一条小指头那么大的杜父鱼横躺着漂过来,耕助抓住了它。在他身后,嘉助发出喂瓜似的赞叹声,因为他抓到了一条六寸大小的鲫鱼,满脸通红,开心不已。其他人也都抓到了鱼,高兴得直嚷嚷。

"别出声！别出声！"一郎说。

这时，从对面白色的河滩上，有五六个大人，有的光着膀子，有的只穿了衬衣，正朝这边跑来。在他们身后，就像电影里那样，一个穿着网格衬衫的人，骑了一匹没有马鞍的马直冲过来。他们都是听到爆破声后赶来查看的。

庄助抱着手看着大家抓鱼，然后说："根本没几条嘛。"

又三郎不知什么时候走到了庄助身旁。

"鱼还给你。"又三郎说着，把鱼扔在了河滩上。

庄助说："这孩子怎么回事？太奇怪了。"边说边紧盯着又三郎。

又三郎默默回到这边。庄助露出不解的表情。大家哄地笑了。

庄助没作声，又朝上游走了。其他大人也跟随着他，穿着网格衬衫的人也骑上马，疾驰而去。耕助游过去，把三郎搁在那里的鱼拿了回来。大家又笑了。

"炸鱼喽！大鱼小鱼到处飞喽！"嘉助在河滩的沙子上一边蹦蹦跳跳，一边大喊。

大家把抓到的鱼放进用石头垒成的小鱼塘里，即使鱼儿活过来，也没法逃走。然后大家又来到上游，开始爬那棵皂角树。天气实在很热，合欢树就像夏天里那样蔫巴巴的，天空碧蓝一片，犹如无底深渊。

这时不知是谁叫了起来："啊，鱼塘要被破坏了。"

只见一个长着奇怪的鹰钩鼻、身穿西服脚踏草鞋的人，手上拿着根手杖似的东西，正在胡乱搅动大家的鱼儿。

"呀，那家伙是专卖局的。专卖局啊。"佐太郎说。

"又三郎，你摘的烟叶被发现了。那人是要把你带走吧。"嘉助说。

"瞎说。我才不怕呢！"又三郎用力咬了咬嘴唇说。

"大伙儿快把又三郎围起来！围起来！"一郎说。

于是大家把又三郎安排在皂角树最中间的树枝上，然后都在周围的树枝上坐下来。

那个男人沿着岸边踩着水，朝这边走来。

"来啦来啦，来啦来啦来啦！"说着大家都屏住了呼吸。

然而那个男人并没有要来捉又三郎的迹象，走过大家面前之后，就要从水潭上游的浅滩过河。而且他看上去并不是要马上过河的样子，倒像是很想趁机把弄脏的绑腿洗干净似的，来来回回走了好几趟。大家渐渐不害怕了，但又觉得很不自在。

终于，一郎说："哎，我先喊，大伙儿跟着我喊，一起喊'一、二、三'。准备好了吗？"

"别把河水弄脏了，老师成天提醒呢！一、二、三！"

那个人吃惊地朝这边看了一眼，那样子像是在说：我不明白你们在说什么。

于是大家又喊："别把河水弄脏了，老师成天提醒呢！"

鹰钩鼻抽烟似的吧嗒着嘴问："在你们这里，这水是要喝的吗？"

"别把河水弄脏了，老师成天提醒呢！"

鹰钩鼻似乎有些困惑，又问："在河里走不行吗？"

"别把河水弄脏了,老师成天提醒呢!"

那人像是要掩饰慌张,故意慢慢地过河,然后,摆出一副像是要去阿尔卑斯探险的姿势,斜着登上了那道青色黏土和红砂岩堆积的陡坡,最后消失在坡顶的烟叶地里。

又三郎说:"什么呀!原来不是来抓我的。"说着,第一个"扑通"跳进了水潭。

大家也觉得那个男人和又三郎都挺倒霉的,各自怀着有些失落的奇怪心情,一个个从树上下来,游到河滩边,有的用手帕包了鱼儿,有的直接用手拿着鱼就回了家。

九月八日

  第二天早晨上课前,大家正在操场上玩单杠或藏棍子的时候,佐太郎小心地抱着一个不知装了什么东西的竹筐走来。

  "是什么?是什么?"大家立刻跑过去想看个究竟。

  佐太郎用袖子挡着那东西,连忙去了学校后面的石洞那边。大家越发忍不住地紧追着去了。

  一郎看见那东西,不禁变了脸色。

  那是用来给鱼下毒的山椒粉,要是用了的话,跟炸鱼一样,是要被警察抓去的。然而佐太郎把那东西藏在石洞旁的茅草丛中,若无其事地回到操场。

  直到上课,大家都在交头接耳地低声议论这事。

  这天也是从十点左右开始,便像昨天那样热了起来。大家都满心盼着下课。

  到了两点,一上完第五节课,大家几乎都是一溜烟儿地冲出了教室。佐太郎再次小心地用袖子遮挡着竹筐,被耕助他们一帮人簇拥着去到了河滩。又三郎和嘉助也跟着一起去。那片长合欢树的河滩上，有股镇上过节时点的瓦斯灯的刺鼻气味，大家都加快脚步走过去，来到了皂角树下的水潭边。东边的天空隆起一团团雄伟的云峰，就像盛夏时那样。皂角树也闪着绿莹莹的光芒。

大家急忙脱了衣服，站在水潭岸上。

佐太郎看着一郎的脸说："好好排成一排，听见了没？鱼一浮上来，就游过去捉。捉到多少都是你们的哦。听见了没？"

小孩子们高兴得满脸通红，你拥我挤地围在水潭边。平吉他们三四个人已经游到皂角树下去等着了。

佐太郎大摇大摆地去到上游的河滩，在水里把竹筐哗啦哗啦地洗了。大家静悄悄的，站在那里盯着水面。又三郎没看水，而是看着对面云峰上飞过的黑色鸟儿。一郎也坐在河滩上一个劲儿敲打石块。可是过了好一阵，也没有鱼浮上来。

佐太郎一脸严肃，站得笔挺望着水面。大家都暗想，要是像昨天炸鱼时那样的话，十条鱼都已经捉到了。大家又静静地等了好长时间，但依然没有一条鱼浮上来。

"根本没有鱼浮上来啊。"耕助喊道。佐太郎吃了一惊，但还是一心一意地望着水面。

"鱼根本没浮上来啊。"平吉也在对面的树下说。于是大家喊喊喳喳地议论起来，然后全都跳进了水里。

佐太郎一时有点不好意思，蹲下身望着水面，最后终于站起来说：

"我们来玩捉迷藏吧！"

"玩吧！玩吧！"大家喊着。为了比画石头剪子布，大家都把手伸出了水面。

一郎也从河滩过来加入了大家。

一郎先指定了"据点"，就在昨天那个长着奇怪的鹰钩鼻的人爬上去的那处山崖下面，那是个有着滑溜溜的青泥的地方。只要站在那里，"鬼"就不能捉人。

然后，大家用"不出剪刀"一对一决胜的办法来决定人选。可是只有悦治一个人出了剪刀，他被大家起哄，只好当"鬼"。悦治嘴唇发紫，跑过河滩，抓到了喜作，于是"鬼"变成了两人。然后大家都在沙上或水潭边奔来跑去，你抓我，我抓你，捉迷藏玩了一次又一次。

最后又三郎一个人成了"鬼"。又三郎不一会儿就捉住了吉郎。大家从皂角树下观望着他们。

又三郎说："吉郎君，你应该从上游把他们赶过来。明白吗？"说完，自己却不作声地站在那里。

吉郎大张着嘴，伸开手臂，从上游沿着稀泥地追了过来。

大家都做好了跳进水潭的准备。一郎爬到柳树上去了。这时，吉郎因为脚底沾了上游的稀泥，在大家面前滑倒了。大家哇哇叫着，跨过吉郎，跳进水里，然后爬到了上游的那片青泥地。

"又三郎，过来呀。"嘉助站着，做出张牙舞爪的样子逗弄又三郎，又三郎似乎从刚才就很生气，嘴里说"好吧，走着瞧"，一边使出浑身力气,"咚"地跳进水里,拼命朝那边游去。

又三郎棕红的头发荡漾在水里,而且嘴唇因为在水里泡得太久变成了紫色,孩子们都害怕起来。因为那片青泥地太窄,不够那么多人站着,再加上那里滑溜溜的成了一道滑坡,下面的四五个人要抓着上面的人才不至于滑落到河里去。只有一郎待在最上面,沉着地招呼大家,似乎要开始商量什么。大家都凑上去听着。

又三郎已经踩着水到了跟前。大家依然在低声交谈。又三郎突然用双手朝这边撩水。大家慌里慌张地抗拒着,泥地渐渐开始打滑。眼看着大家都往下滑落了一截,又三郎越发卖力地撩水。结果大家"嘭咚嘭咚"全都一齐滑落到水里。又三郎将他们一个个抓住,也抓到了一郎。嘉助一个人绕到上游,游着逃走了。又三郎立刻追上去,不但抓住他,还捏住他的手腕,拽着他转了四五圈。嘉助好像喝了好几口水,呛得喷出水花来,怨道:"俺不玩了。再也不玩这样的捉迷藏了。"

小孩子们都爬到沙滩上去了。又三郎站在了皂角树下。

然而这时天空中布满了乌云,柳树显得异样苍白,山上的草阴沉沉的,周围显现出一片难以形容的可怕景象。

就在这时,突然从上野原一带响起了轰隆隆的雷鸣。紧接着传来山洪般的声响,大雨骤然而至。风也嗖嗖地刮了起来。水潭泛起无数巨大的涟漪,已经看不出哪里是水,哪里是石头。

大家从河滩上抱着衣服逃到了合欢树下。又三郎似乎这才开始害怕起来，他从皂角树下"嘭咚"跳进水里，朝大家那边游去。

这时有个声音叫道：

下雨哗啦哗啦雨三郎，
刮风呼啦呼啦又三郎。

大家也立刻齐声喊道：

下雨哗啦哗啦雨三郎，
刮风呼啦呼啦又三郎。

这下又三郎彻底着了慌，他似乎脚被谁拽了一下，猛地从水潭里跳起来，一溜烟地往大家这边跑来，一边哆哆嗦嗦地问："刚才叫喊的是你们吗？"

"不是。不是。"大家一齐叫道。平吉又单独站出来说："不是的。"

又三郎面带恐惧地朝河那边看了一眼，像平时那样紧咬着发白的嘴唇，说："会是什么呢？"身体依然瑟瑟发抖。

然后，大家就趁着雨停的工夫各自回家去了。

呼、呼呼呼呼——呼呼呼——呼呼呼——
青核桃也吹飞了,
酸木瓜也吹飞了,
呼、呼呼呼呼——呼呼呼——呼呼呼——
呼、呼呼呼呼——呼呼呼——呼呼呼——

不久前刚从又三郎那里听来的歌谣,一郎又在梦里听见了。

他吃惊地跳起来一看,外面真的在刮大风,树林像在咆哮似的,拂晓前苍茫的微光笼罩着屋里的纸门、木架上的灯笼盒子等等。一郎迅速系好腰带,穿上木屐来到外间,走过马厩前,刚打开便门,就有一股风夹着冰凉的雨滴猛地刮了进来。

马厩后方好像是木窗之类的东西"啪嗒"一声倒了,马儿一个劲儿地打着响鼻。一郎感觉风简直渗进了心底,他不禁长长地吁了一口气,然后才向门外跑去。外面天已经很亮了,地还是湿的。房前成行的栗子树显得异样苍白,剧烈地摇摆着,风雨就像要将它们洗刷一番似的。绿叶也被吹飞了许多,黑乎乎的地面上到处落着碎裂的绿色栗子壳。

天空中的云朵闪烁着骇人的灰光,激烈翻滚着,被吹向了北方。远处的树林犹如波涛汹涌的大海,传来阵阵轰隆的声响。冰凉的雨滴把一郎的脸全打湿了,衣服也像要被风撕碎似的,但他只管默默倾听那些声响,一动不动地仰望天空。

这时,一郎觉得胸中仿佛涌起了层层浪涛,而静静观望那嘶吼呻吟着飞驰而去的狂风,他的胸中又躁动不安起来。直到昨天,在山野和天空之间还那么澄明而宁静的风,今早却在黎明时分突然齐齐出动,呼啸着向塔斯卡罗拉海渊[1]北端飞驰而去。想到这里,一郎激动得脸色通红,呼吸也急促起来,仿佛自己也一起飞过了天空,他不禁满心感慨,长长地吐了一口气。

"啊,风太大了。今天烟叶和小米全遭殃了。"一郎的爷爷站在便门旁边,一动不动地望着天空。

一郎连忙从水井里打了一桶水,把厨房迅速地擦拭了一遍,然后拿出铜盆哗啦哗啦地洗了脸,又从橱柜里取出冷饭和大酱,狼吞虎咽地吃了。

"一郎,汤这就好了,你稍等等啊。怎么今早那么着急上学校

---

1 塔斯卡罗拉海渊,位于太平洋西北部的日本海沟北部。深度达 8513 米。

呢?"妈妈一边往煮马饲料的灶洞里添柴,一边问道。

"嗯,因为又三郎很可能飞走了。"

"又三郎是什么呀?鸟儿吗?"

"嗯,是个叫又三郎的家伙。"一郎急急忙忙把米饭放回去,迅速洗了碗,然后取下厨房钉子上挂着的油纸雨衣,光脚穿上木屐就去约嘉助了。

嘉助刚起床,他说:"我吃了饭就去。"于是一郎在马厩前等了一会儿。

没多久嘉助披着小蓑衣出来了。

两人被激烈的风雨打得湿淋淋的,好不容易来到了学校。从出入口进去一看,教室里静悄悄的,雨从四处的窗缝里渗进来,地板全都湿透了。

一郎在教室里看了一圈后说:"嘉助,咱们做扫除吧。"说着拿来棕榈扫帚,把水扫进了窗户下的排水口。

这时,老师似乎听见了响动,从里间走出来。奇怪的是,老师坦然地穿着单衣,手拿一把红蒲扇。

"来得真早啊!你们俩在打扫教室啊?"老师问。

"老师早上好!"一郎说。

"老师早上好!"嘉助也说。紧接着他又问:"老师,又三郎今天来吗?"

老师想了想,问道:"你们说的又三郎是指高田同学吗?哦,高田同学昨天已经跟他父亲一起离开了。因为是星期天,也没时间跟大家道别。"

"老师,他是飞走的吗?"嘉助问。

"不是。他父亲的公司来了电报叫他回去。听说他父亲还会再回来一趟,但高田同学还是会去上那边的学校,毕竟他母亲也在那边。"

"为什么会被公司叫走呢?"一郎问。

"据说是因为这里钼矿的矿脉一时还不准备动手开采。"

"肯定不是的。那家伙本来就是风之又三郎啊!"嘉助高声喊道。

值班室那边有什么东西发出咔嗒的响声。老师拿着红蒲扇急忙朝那边去了。

两人沉默了一会儿,像是在揣摩对方的真实想法似的,面面相觑地站在那里。

风依然没停,窗玻璃上沾着雾蒙蒙的雨滴,一边发出咔嗒咔嗒的声响。

座敷童子[1]的故事

---

[1] 座敷指日式房屋的客厅部分，通常设有壁龛、挂轴等。座敷童子是日本东北一带民间传说中的精灵。传说座敷童子寄居的人家能得好运。

这是我们那一带的，座敷童子的故事。

晴朗的中午，大人们都去山里干活儿了，两个小孩在庭院里玩耍。一大座屋子里一个人都没有，四处静悄悄的。

然而屋子里不知哪个房间，传来了唰啦唰啦的扫帚声。

两个小孩互相用力搂着对方的肩膀，偷偷地去探看，可是哪个房间里也没有人，放刀剑的木箱也悄无声息，侧柏树篱显得越发浓绿，依然是哪里也没有人。

唰啦唰啦的扫帚声传来。

是远处伯劳的啼叫，还是北上川的流水声，或者是哪里在筛豆子？两人一边猜来猜去，一边默默倾听，但还是觉得哪种都不像。

确确实实从某个地方传来唰啦唰啦的扫帚声。

他们再一次悄悄窥探房间，但哪个房间里都没人，只有太阳的光芒，朝周围每一个角落明晃晃地照下来。

这样的就是座敷童子。

"巡大道，巡大道。"

正好十个孩子使劲儿地喊着，一边手拉手围成圆圈，转呀转呀转呀转呀，就这样在房间里转圈圈玩儿。这些孩子都是被这户人家招待来做客的。

他们转呀转呀转呀转呀，转着圈圈玩儿。

就这样不知什么时候，变成了十一个人。

不认识的面孔一个都没有，同样的面孔也一个都没有。即使这样，怎么数都还是十一个人。大人出来说，多出来的那个就是座敷童子。

可是多出来的是谁呢？反正大家都拼命睁大了眼睛，坐直了身子，声称自己不可能是座敷童子。

这样的就是座敷童子。

另外还有这样的说法。

在某个大户人家的本家，每年旧历八月初举办如来佛的祭典时，都会邀请各户亲戚的孩子来做客。但是有一年，其中一个孩子因为染了麻疹不能参加。

"我要去看如来佛祭典。我要去看如来佛祭典。"那孩子躺在床上，每天每天这样念叨。

"我们把祭典推迟了，你要快快好起来呀。"本家的奶奶来探病，摸着孩子的脑袋这样说。

那孩子在九月康复了。

于是大家接到了邀请。但其他孩子因为之前祭典被延期，玩具兔子也被拿去探病，都很不是滋味。他们觉得被那孩子连累了，所以早就约好今天来了也不跟他玩耍。

"哦，来了！来了！"大家正在房间里玩耍时，其中一个突然叫道。

"好嘞，快躲起来！"大家都跑进了隔壁的小房间。

然后你猜怎么着？那个本应该好不容易才刚刚赶来、治好了麻疹的孩子，这时就在那房间正中间端端正正坐着，身体消瘦，脸色苍白，一副就要哭出来的表情，手里还抱着个新的玩具熊。

"座敷童子！"一个孩子大叫着逃了出去。大家也"哇——"地往外跑。座敷童子哭了起来。

这样的就是座敷童子。

还有，北上川朗明寺潭边的摆渡人某天对我讲了一件事。

"旧历八月十七晚上，俺喝了酒早早睡下了。听见有人在对岸'喂喂'地喊，俺爬起来走出小屋，只见月亮正好升到天顶上。俺急忙拉出船，划到对岸去一看，是一个穿着纹付礼服[1]，佩着剑，还穿了袴裙的漂亮孩子。只他一个人，脚上是一双白屐带的草屐。问他要搭船吗，他回答说，拜托了。孩子坐上了船。船划到差不多潭中央的时候，俺装作看着别处的样子，仔细打量了那个孩子。只见他两手规规矩矩地放在膝盖上，坐在那里望着天空。

"问他说：'您这是要去哪里？您从哪里来？'那孩子奶声奶气地回答说：'我在那边的笹田家住了很久，很是腻味，该去别家了。'问他为啥腻味，那孩子也不搭腔，只管笑着。又问他，这是要去哪儿？他说要去更木的斋藤家。船到了岸边时，孩子已经不见了，俺就坐在小屋的门口。也不知是做梦还是怎么的。但这肯定是真的，因为后来

---

[1] 纹付礼服，一种和式礼服，多用黑色丝绸缝制。因后背和衣袖等处绣有家纹图案而得名。

笹田家破落了,而更木的斋藤家那边,家中病人彻底康复了,儿子也大学毕了业,眼见着越来越有出息了。"

这样的就是座敷童子。

过雪原

一、小狐狸绅三郎

雪完全冻住了，冻得比大理石还要坚硬，天空也仿佛是用冰冷光滑的青石板做成的一样。

"硬雪硬邦邦，冻雪冰凉凉。"

太阳燃得白晃晃的，散发着百合花的芳香，把雪也照射得银光闪烁。

树木们都好像撒了糖粉，戴着晶亮亮的霜花。

"硬雪硬邦邦，冻雪冰凉凉。"

四郎和欢子穿着小小的雪地靴，"嚓、嚓、嚓"地来到了原野上。

这么有趣的日子，还会再有第二次吗？不论是平时不能去走的黍子地，还是长满了芒草的原野，喜欢的地方都可以去，走多远都不要紧。平坦的地方简直就像一块木板，又像是许多小小的镜子在闪闪发光。

"硬雪硬邦邦，冻雪冰凉凉。"

两人来到森林附近。一棵巨大的槲树上垂下粗壮又透明的冰柱，

挂满了树枝，沉甸甸的，把树干都坠弯了。

"硬雪硬邦邦，冻雪冰凉凉。狐狸小小子，想要娶媳妇儿，娶媳妇儿。"两人朝着森林高声喊道。

静悄悄地过了一会儿，两人屏住呼吸，正想再喊一次的时候，森林里走出来一只白色的小狐狸。他一边念着"冻雪冰凉冰凉，硬雪硬邦硬邦"，一边把雪踩得沙沙响。

四郎吃了一惊，连忙把欢子护在身后，一边站稳了脚跟叫道："狐狸哼哼白狐狸，想要媳妇儿，我帮你找吧。"

狐狸听了，把他那小小的银针似的胡须用力一拉，说道："四郎硬邦邦，欢子冰凉凉，媳妇儿我才不要呢。"

四郎笑了，说："狐狸哼哼小狐狸，不要媳妇儿，给你年糕吧。"

然后小狐狸把头摇了两三下，打趣说："四郎冰凉凉，欢子硬邦邦，黍面团子给你吧。"

欢子也觉得好玩儿，躲在四郎身后轻声唱道："狐狸哼哼小狐狸，狐狸的团子兔子屎。"

于是小狐狸绀（gàn）三郎笑着说："不，才不是呢。像你们那么体面的人儿，会去吃兔子那棕色的团子吗？我们从来不骗人，以前都是被诬陷的。"

四郎吃惊地问道:"那么,说狐狸骗人的话都是假话吗?"

绀三郎热切地说:"都是假话。实在是最过分的假话。被骗的大多是喝醉了酒,或者是胆小又糊涂的人。可好玩儿呢,上次甚兵卫月夜里坐在我家门口哼了一宿的净琉璃[1],我们出来都看见了。"

四郎大叫:"甚兵卫的话才不会哼净琉璃呢,哼的肯定是浪花小调[2]。"

小狐狸绀三郎露出赞同的表情,然后说:"嗯,也许是这样吧。不管怎么说,请吃团子吧。送给你们的,是我自己耕地、撒种、除草、收割、磨粉、揉面蒸了,然后撒上砂糖做成的。怎么样,送你们一盘吧?"

四郎笑着说:"绀三郎,我们这才刚刚吃了年糕来的,所以肚子还不饿呢。要不下次再让你请客吧?"

小狐狸绀三郎高兴地举起短短的前臂,拍着手说:"好吧,那就下次幻灯会的时候再请你们吃吧。一定要来看幻灯会哦,时间是下一次积雪冻结的月夜。八点开始,我先把门票给你们吧。要几张呢?"

"那就给五张吧。"四郎说。

"五张吗?你们的两张,另外三张是给谁呢?"绀三郎问。

"是给我哥哥他们。"四郎回答。

---

1 净琉璃,一种用三味线伴奏的古典说唱形式。
2 浪花小调,一种用三味线伴奏的近代说唱形式。因起源于浪花(大阪)一带而得名。

"你哥哥他们都是十一岁以下吗？"绀三郎又问道。

"不，小哥哥是四年级，八加四也就是十二岁。"四郎说。

于是绀三郎一本正经地用力拉了拉胡须，说道："那太遗憾了。你的哥哥们就不能招待了。只你们两位来就好。我会给你们留特等席，很有趣的。第一部幻灯片是《不得饮酒》，讲的是你们村的太右卫门和清作喝了酒，喝得头昏眼花，竟然想去吃原野上奇怪的豆沙包和荞麦面的事。我也会出现在照片里。第二部《当心圈套》画的是我们的权兵卫在原野上中圈套的事。这部是图画，不是照片。第三部是《防火不可掉以轻心》，讲的是我们权助去你家，结果烧到了尾巴的情景。请一定要来啊。"

两人开心地点头答应了。

狐狸很好笑似的撇着嘴，"咔嗒咔嗒、咚咚，咔嗒、咚咚"地踏起步来，又摇晃尾巴和脑袋思考了一会儿，然后像是好不容易想到了什么，摆动两手边打拍子边唱了起来：

  冻雪冰凉凉，硬雪硬邦邦，
  原野上豆包热乎乎。
  太右卫门喝醉酒跌跌撞撞，
  去年吃了三十八个。
  冻雪冰凉凉，硬雪硬邦邦，
  原野上荞面热腾腾。

清作喝醉酒踉踉跄跄，

去年吃掉十三碗。

四郎和欢子完全被吸引住了，已经跟狐狸一同跳起舞来。

"咔嗒、咔嗒、咚咚。咔嗒、咔嗒、咚咚。咔嗒、咔嗒、咔嗒、咔嗒、咚咚咚。"

四郎唱道："狐狸哼哼小狐狸，去年狐狸权兵卫，左脚夹在圈套里，哼哼唧唧瞎蹬腿。"

欢子唱道："狐狸哼哼小狐狸，去年狐狸叫权助，想把烤鱼来偷吃，屁股着火哎哟哟。"

"咔嗒、咔嗒、咚咚。咔嗒、咔嗒、咚咚。咔嗒、咔嗒、咔嗒、咔嗒、咚咚咚。"

于是三人一边跳舞一边往树林里去了。厚朴树那红色封蜡似的树芽被风吹着，树芽上的光芒也随之闪烁。树林里的雪地上，蓝色的树影在地面上形成网格状，日光照射下来，照到的地方看上去仿佛有银色的百合花正在开放。

然后小狐狸绀三郎说："叫上小鹿吧。小鹿笛子吹得可好了。"

四郎和欢子高兴得直拍手。于是三个人一齐喊道："硬雪硬邦邦，冻雪冰凉凉。鹿儿小小子，想要娶媳妇儿，娶媳妇儿。"

只听对面传来一个轻柔动听的声音："北风嗖嗖风三郎，西风萧萧又三郎。"

小狐狸绀三郎一副瞧不起的样子,嘟着嘴说:"那就是小鹿。他胆子小,根本不敢来这边。不过,要不再喊一次吧?"

于是三个人又喊道:"北风嗖嗖,咚隆咚隆,西风萧萧,咯楞咯楞。"

狐狸又扯了扯胡子说道:"雪变软了就不好办了,快回去吧。等下次月夜雪冻起来,请一定要来。给你们放刚才说起的幻灯片。"

于是四郎和欢子一边唱着"硬雪硬邦邦,冻雪冰凉凉",一边穿过银色的雪地回家去了。

"硬雪硬邦邦,冻雪冰凉凉。"

其二
狐狸小学的幻灯会

十五的月亮苍白而巨大,静静地从冰上山[1]升起了。

雪上闪烁着蓝光,今天的雪也冻得像寒水石[2]一样坚硬。

四郎想起了跟狐狸绀三郎的约定,悄悄地对妹妹欢子说:"今晚有狐狸的幻灯会,咱们去吧。"

欢子说:"去吧,去吧。狐狸哼哼小狐狸,哼哼狐狸绀三郎。"说着就蹦蹦跳跳地高声喊了出来。

于是他们的二哥二郎说:"你们是要去狐狸那里玩儿吗?我也想去啊。"

四郎为难地耸着肩膀说:"可是哥哥,狐狸的幻灯会只接待十一岁以下的孩子。入场券上写着呢。"

二郎说:"哪里写了?给我看看。哦哦,'除非本校学生家长,谢

---

1 冰上山,实际的山名。位于现在的岩手县陆前高田市。
2 寒水石,一种石灰岩石材,类似于大理石。有灰白或深绿色条纹,质地坚硬。

绝十二岁以上的来宾入场。特此说明。'这些狐狸居然很会办事呢。原来我不能去啊，那就没办法了。你们去的话，给他们带些年糕去吧。给，这个大年糕应该不错。"

于是四郎和欢子穿上小雪鞋，扛着年糕出了门。

哥哥一郎、二郎和三郎并排站在门口大喊："路上要小心啊。要是撞上大狐狸，就赶紧闭上眼睛。给你们唱一个吧：硬雪硬邦邦，冻雪冰凉凉，狐狸小小子，想要娶媳妇儿，娶媳妇儿。"

月亮高高地升上了天空，森林被笼罩在苍白的烟霞里。两人来到了森林的入口。

只见一只白色的小狐狸已经站在那里，胸口佩戴着橡子徽章。他说："晚上好。两位来得真早。带入场券了吗？"

"带了。"两人拿出了入场券。

"好嘞，请到这边来。"小狐狸一本正经地弯下身，眨巴着眼睛用手指了指树林深处。

在树林里，月光斜斜照着，仿佛投下无数根笔直的蓝色光棒。两人来到林中的空地上。

走近一看，那里已经聚集了许多狐狸学校的学生。他们有的在互相扔栗子皮，有的在摔跤，特别好笑的是，小得只有老鼠那么大的小狐狸骑在大一些的小狐狸肩膀上，正想去摘星星呢。

在大家面前的树枝上，垂下一面白色的幕布。

忽然，听到身后有人说："晚上好。欢迎光临。上次多谢你们啦。"

四郎和欢子惊讶地回头一看,原来是绀三郎。

绀三郎竟然身穿漂亮的燕尾服,胸前戴着水仙花,正用一块白手绢不停地擦拭他那尖尖的嘴巴。

四郎行了个礼,说:"上次真是失礼了。今晚谢谢你们的邀请。这年糕请大家品尝。"

狐狸学校的学生们都看着这边。

绀三郎挺起胸膛,郑重地接过年糕。

"接受您的礼物,这真是过意不去。请在这边慢慢休息。幻灯会马上就要开始了。我稍稍失陪一下。"

绀三郎拿着年糕往对面去了。

狐狸学校的学生们齐声喊道:"硬雪硬邦邦,冻雪冰凉凉,硬硬的年糕邦邦硬,白白的年糕扁又圆。"

在幕布旁边,挂出一个大木牌,上面写着:

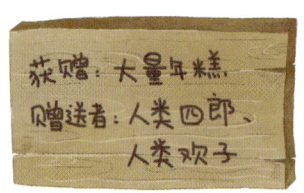

狐狸学生们开心地"啪啪"鼓起掌来。

这时,传来了"噼——"的笛子声。

绀三郎"咳、咳"清着嗓子,从幕布旁走出来,深深地鞠了个躬。大家都安静下来。

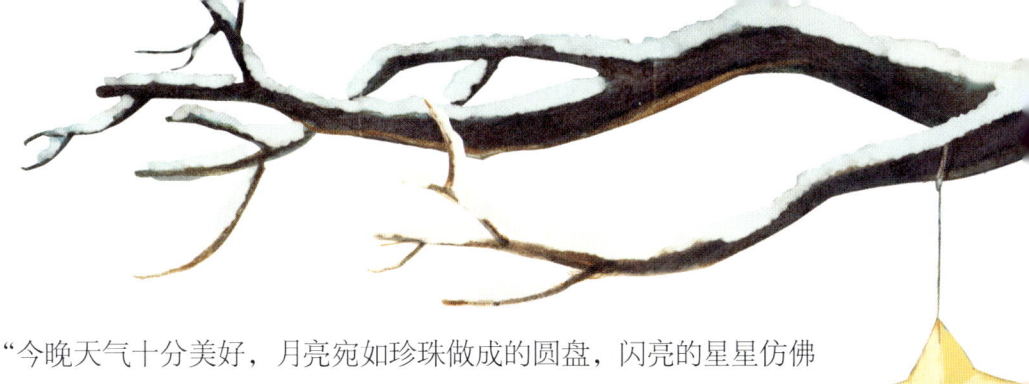

"今晚天气十分美好,月亮宛如珍珠做成的圆盘,闪亮的星星仿佛是原野上的露珠凝固而成。接下来,我们将举行幻灯会。请大家不要眨眼睛,也不要打喷嚏,请睁大你们的眼睛仔细观赏。

"另外,今晚有两位尊贵的客人来访,大家都必须安安静静地观看,绝不能淘气,也不许朝客人扔栗子皮之类。以上是我的开幕致辞。"

大家都开心地"啪啪"鼓掌。

四郎悄悄对欢子说:"绀三郎说得真好。"

笛声又"嚊——"地响起。

"不得饮酒"几个大字映在幕布上。然后字消失了,映出了照片。那场景是一个喝醉了酒的老爷爷正抓着一个奇怪的圆东西。

大家踏着"咔嗒咔嗒、咚咚,咔嗒咔嗒、咚咚"的节拍唱道:

> 冻雪冰凉凉,硬雪硬邦邦,
>
> 原野上豆包热乎乎。
>
> 太右卫门喝醉酒跌跌撞撞,
>
> 去年吃了三十八个。

"咔嗒咔嗒、咔嗒咔嗒,咚咚咚。"

照片消失了。四郎对欢子悄声说:"那支歌是绀三郎的。"

幕布上映出别的照片。一个喝醉了酒的年轻人把脸埋在一个用厚朴叶子做成的碗里,正在吃着什么。绀三郎穿了白裙裤,在对面观看这番景象。

大家踏着"咔嗒咔嗒、咚咚，咔嗒咔嗒、咚咚"的节拍唱道：

冻雪冰凉凉，硬雪硬邦邦，
原野上荞面热腾腾。
清作喝醉酒踉踉跄跄，
去年吃掉十三碗。

"咔嗒、咔嗒、咔嗒、咔嗒，咚、咚、咚。"
照片消失后，是一小段休息时间。
可爱的狐狸小姑娘端来两盘黄米团子。
四郎为难极了，因为刚刚才看了太右卫门和清作误食了脏东西的情景。

而且狐狸学校的孩子们全都看着这边，正小声议论着"他会不会吃呢？你说，他会不会吃呢？"之类的话。欢子端着盘子难为情地涨红了脸。这时四郎心一横说："嗯，吃吧，吃了吧。我想绀三郎是不会骗我们的。"

于是两人把黄米团子都吃掉了。那味道真是好极了。狐狸学校的学生们全都高兴得跳了起来。

"咔嗒咔嗒、咚咚，咔嗒咔嗒、咚咚。"

白天阳光热辣辣,
夜里月光明晃晃,
哪怕身体撕两半,
狐狸学生不说谎。

"咔嗒、咔嗒、咚咚,咔嗒、咔嗒、咚咚。"

白天阳光热辣辣,
黑夜月光明晃晃,
哪怕冻倒在地上,
狐狸学生不偷窃。

"咔嗒、咔嗒、咚咚,咔嗒、咔嗒、咚咚。"

白天阳光热辣辣,
黑夜月光明晃晃,
哪怕粉身又碎骨,
狐狸学生不嫉妒。

"咔嗒、咔嗒、咚咚,咔嗒、咔嗒、咚咚。"

四郎和欢子都高兴极了，眼泪禁不住地落下来。

笛子"噼——"地响起。

幕布上映出"当心圈套"几个大字，随即消失，又映出了图画。画的是狐狸权兵卫左脚被圈套夹住的情景。

大家一起唱道："狐狸哼哼小狐狸，去年狐狸权兵卫，左脚夹在圈套里，哼哼唧唧瞎蹬腿。"

四郎悄悄对欢子说：

"这是我编的歌啊。"

画消失后，出现了"防火不可掉以轻心"几个字。那几个字消失后映出了图画。画里狐狸权助想要拿走烤鱼却烧着了尾巴。

狐狸学生们一起大喊："狐狸哼哼小狐狸，去年狐狸叫权助，想要偷吃烧烤鱼，屁股着火哎哟哟。"

笛子"噼——"地响起，幕布变亮了。

绀三郎再次走出来说："各位，今晚的幻灯会到此结束。今夜有一件事希望各位一定要牢记在心。那就是这两个聪明的人类的孩子，一点都没有喝醉，却愿意吃下我们狐狸做的食物。所以，大家将来长大以后，也不要说谎，不要嫉妒别人，这样咱们狐狸从前的坏名声才能彻底消除掉。以上是我的闭幕致辞。"

狐狸学生们都感动得站了起来，他们高举双臂发出了欢呼，还流下了亮晶晶的眼泪。

绀三郎来到两人面前，郑重地鞠了一躬，说道："那就再见了。你

们今晚的深情厚谊我们决不会忘记。"

两人也行了礼，然后往家的方向走去。狐狸学生们追上来，往两人的怀里和口袋里塞了些栗子、亮晶晶的青石子之类的东西，嘴里说着："这个，送给你。""这个，收下吧。"然后就逃回去了。

绀三郎笑眯眯地看着他们。

两人走出森林来到了原野上。

在那苍白的雪原正中间，只见三个黑黑的影子从对面走来。那是前来迎接的哥哥们。

在流沙之南，杨柳环绕着一眼小小的泉水。我在泉边把炒面和了水，吃着午饭。

这时，一个朝圣的老爷爷，也是为了用餐来到这里。我们互相默默点头致意。

这旅途中整整半日都没有遇见人，所以，我吃完饭之后，依然不想马上从泉边那个年迈的朝圣者身边离开。

我似看非看地望着老人，他那突出的喉结正不停地起伏。我很想搭话，但对方实在太安静，我不禁感到有些拘谨。

忽然我发现那里有一座祭祠。那祭祠非常小，小得简直可以被地理学家或探险家带回去做样本。不过祭祠还是崭新的，甚至涂着黄色和红色的油漆，显得很是奇特。那前面立着一根简陋的幡子。

见老者就快吃完，我趁机问道："冒昧问一下，那个祠堂祭祀的是何方神圣呢？"

那老者也确实一副有话要对我说的样子，他默默地点了点头，咽下口中的食物后，低声说："……是童子。"

"这童子是什么人呢？"

"是一位叫雁童子的。"老人收拾了碗筷，屈身捧了泉水，仔细地漱了口之后，接着说道。

"是一位叫雁童子的，他的事简直就像近来发生的传说故事一般。据说他是这地方最近降临的天童子。这些日子在流沙对面也建了许多这样的祭祠。"

"是天神的孩子降临了吗？是因为有罪才从天上被流放的吗？"

"嗯，不清楚。不过这里的人是这么说的，那应该就是吧。"

"如果您不急着赶路的话，讲给我听听如何？"

"哦，不急的。那就只讲我听说的事吧。"

在沙车有个名叫须利耶圭的人。他出身名门，但家道中落，他自己常年抄经，夫人织布，两人过着安安静静的日子。

一天清早，须利耶先生和拿着枪的表弟一起漫步在原野上。地上是极美的青石，天空白茫茫的，眼看就要下雪了。

须利耶先生对表弟说："这只为消遣的杀生，你还是早些放弃了吧。"

可是表弟却无动于衷，回答说："我没法放弃。"

"你这个残忍的家伙。被你伤害或杀死的，都是些什么，你知道吗？不论是什么，那生命都是值得悲悯的。"须利耶反复地劝说表弟。

"也许是这样，但也许不是这样。如果真是这样，我反倒觉得更有趣呢。哎，这种没用的话就不要说了。那是过去那些和尚们说的话。看，大雁往那边飞去了。我这就去把它们打下来。"表弟拿起猎枪，跑得不见了人影。

须利耶先生一动不动地站着，眺望那黑色大雁的队列。

这时对面突然升起一颗尖利的黑色子弹，朝领头雁的胸脯射去。

大雁摇晃了两三下，眼看着身上燃起了火，它一边发出惨不忍闻的叫声，一边坠落下来。

子弹再度升起，穿透了第二只大雁的胸脯。即便这样，也没有哪只大雁逃走。

它们反而哀啼着，紧随坠落的大雁。

第三发子弹升起，第四发子弹也升起了。

六发子弹打伤了六只大雁，只剩下最小的一只没有受伤。六只大雁一边燃烧一边啼叫，挣扎着从空中落下，最后一只哀鸣着跟在后面。即便如此，大雁整齐的队列也丝毫没有打乱。

这时，须利耶先生震惊地看到，空中的大雁忽然都变成了飞翔的人形。

五个人被鲜红的火焰包裹着，不住地哀号挣扎着，而最后那个唯一没受伤的，是个可爱的天童。

那个童子让须利耶先生觉得似曾相识。最先坠落的人已落在地上，那是个白胡须的老人，他倒在地上，仍在燃烧着。他合拢瘦骨嶙峋的

双手，像是在祈求须利耶先生。

他凄惨地叫道："须利耶大人，须利耶大人，求求您带走我的孙子吧！"

须利耶先生自是奔上前去，说道："好的，好的，我一定会收留他的。可是，你们究竟是出了什么事呢？"

这时大雁一只接一只燃烧着坠落在地上。他们中，有大人，也有佩戴着美丽璎珞的女孩。那女孩一边被赤红的火焰灼烧，一边把手伸向最后面的那个孩子。他不停哭喊着，急得在一旁跑来跑去。

大雁老人又说："我们是天人的眷属。因为有罪受到处罚，变成了大雁。而今果报达成，我们将返回天界。只是我的这个孙子还不能回去。他与您有缘，请把他当您的孩子抚养。求求您了。"

须利耶先生说："好的，我明白了。我会照顾他，请您放心吧。"

老人搓了搓手，正要俯首致谢，一转眼就已燃尽了，没留下任何痕迹。须利耶先生和拿着猎枪的表弟茫然地站在那里，两人都以为自己在做梦。后来据表弟说，当时那子弹所剩无几的猎枪还是热的，而刚才天人跪地的地方，那草丛明明都还歪倒着尚未恢复原状。

而那个童子确实也站在那里。须利耶先生回过神来，对童子说："你从今天开始就是我的孩子了。别哭了。你从前的母亲和兄长们都升天去了美丽的天国。来，跟我走吧。"

须利耶先生回到了自己家中。途中的原野上到处是青石，安静极了。那个孩子一边哭一边跟随而来。

　　须利耶先生和夫人商量着应该给这个孩子取个什么名字。他们考虑了三四天，这期间，事情已经传遍了沙车，大家都把这个孩子叫作雁童子。须利耶先生也只好这么叫了。

　　讲故事的老人稍稍歇了口气。我看着脚下的一小丛苔藓，脑海里清晰地浮现出那几位天人从阴郁的天空坠落，在鲜红的火焰之中凄惨地燃烧殆尽的身影。老人凝视了我一会儿，又接着讲述起来。

　　沙车的春天即将结束的时候，原野上到处飞舞着白花花的柳絮。从远处的冰山上，白得难以形容的耀眼光芒顺着日光反射过来。还有果树随风摇摆着，云雀在空中啼鸣，仿佛掀起阵阵透明的光波。

　　童子一转眼六岁了。那是一个春日傍晚的事。须利耶先生带着这个来自雁群的孩子，从城镇里经过。葡萄紫的浓云下面，蝙蝠的黑影正翩翩飞过。

　　孩子们在长棍上拴了绳子，在他们身后追赶。

　　"雁童子！雁童子！"

　　孩子们扔下棍子，手牵手围成一个大圈，把须利耶父子俩围在了中间。

　　须利耶先生面带着笑容。

孩子们像往常一样，齐声这样喊道：

　　大雁的孩子，大雁的孩子雁童子，
　　天上掉下来，给须利耶家做儿子。

但是有个孩子逗趣地说：

　　大雁扔下的孩儿，大雁扔下的孩儿，
　　春天到了，你怎么还在这儿？

　　大家哄地笑了。然后也不知为什么，飞过来一粒小石头，打中了童子的脸颊。须利耶先生护着童子，对孩子们说："你们这是要干什么？难道这孩子做了什么坏事吗？就算是开玩笑也不能扔石头啊！"
　　孩子们嚷嚷着纷纷跑过来向童子道歉或安慰他。有个孩子从围裙口袋里掏出一把风干的无花果，要送给童子。
　　童子自始至终面带着微笑。须利耶先生也露出笑容，原谅了大家，然后带着童子离开了那里。
　　在浅蓝色玛瑙般寂静的雾霭中，须利耶先生对童子说："儿啊，你刚才没哭，真难为你了。"
　　童子依偎着父亲说："父亲，我从前的爷爷，他身上可是中了七发子弹呢。"

朝圣的老人讲述到这里，看了看我的脸。

我也抬头凝视老人湿润的眼睛。老人又继续讲述起来。

又是一个晚上，童子在床上翻来覆去总也无法入睡。

"母亲，我睡不着啊。"听他这样说，须利耶夫人起身去他床边，轻轻抚摸他的头。童子感觉脑子里疲倦极了，仿佛有一张白色的网，不停地颤抖着，里面浮现出一轮巨大的红色新月，又好像在里面塞满了薇菜嫩芽般的圈圈绕绕，又仿佛出现了柔软而怪异的白色方块，越来越大，最后变成一个可怕的大盒子。童子的额头实在太烫，母亲担忧极了。

须利耶先生朝正在抄写的经文合掌拜了一拜之后站起身，然后让童子站起来，为他系好红皮腰带，带领他来到大门外。驿站附近的人家都关着门，满天繁星之下，一栋栋房屋漆黑地排列着。这时，童子忽然听见水流的声音。他沉思了一会儿，问道："父亲，水在夜里依然不停地流淌吗？"

须利耶先生一边望着从沙漠对面升起的那颗巨大的蓝色星星，一边回答说："即使夜里水也在流淌啊。不论夜晚还是白天，只要地面不平坦，水总是一直不停地流动着。"

童子的脑中突然彻底安静下来，他只想赶快回到母亲身边。

"父亲，我们回去吧。"童子一边说，一边拉扯须利耶先生的衣袖。两人回了家，母亲把他们迎进家里，还没等把门闩插好，童子就已经自己爬上床，衣服也没换就沉沉地睡着了。

据说还有这样一件事。

有一天须利耶先生和童子坐在餐桌旁。桌上的饭菜中有两条蜜煮的鲫鱼，须利耶夫人把一条放在须利耶先生面前，另一条给了童子。

"母亲，我不想吃啊。"童子说。

"味道不错呢。来，把筷子给我。"

须利耶夫人拿过童子的筷子，一边把鱼夹成小块，一边劝他吃。

"吃吧。很好吃的。"

童子在母亲夹鱼的时候，一动不动地凝视着母亲的侧脸，突然胸中涌起一股奇特的情绪，像是内疚，又像是悲伤，他只觉得无法抑制。童子嗖地站起来，犹如一颗出膛的子弹向屋外冲了出去。然后，他朝着飘满雪白云朵的天空，放声大哭起来。

"这孩子怎么啦？"须利耶夫人非常吃惊。

"去看看是怎么回事吧。"须利耶先生也很担忧。

据说当须利耶夫人来到门口一看，童子已经停止哭泣，露出了微笑。

又有一次，须利耶先生带着童子，从马市中经过。有一匹小马还在吃奶。身穿黑色粗布衣的马贩子过来，把小马拽到一边，和另一匹小马拴在一起，然后二话不说就要把它们拉走。母马受了惊，发出尖利的嘶鸣，然而小马还是被径直拉走了。在就要拐过街角的时候，小马突然扬起一只后蹄，驱赶腹部的苍蝇。

童子瞥眼望见母马茶色的眼眸，突然抱住须利耶先生，大哭起来。须利耶先生并没有训斥童子。他用自己的衣袖包裹着童子的头，走过了马市，来到河岸边的绿草地，让童子坐下来，一边把杏子递给他吃，一边轻声问道："你刚才为什么哭呢？"

"父亲，因为他们硬要把小马带走啊。"

"马是没办法的呀。它已经长大了，以后要独自劳动才行。"

"可是那马儿还在吃奶啊。"

"没办法，如果一直在母亲身边，它会一直撒娇的。"

"可是父亲，那些人不管是对母马还是小马，回头都会让它们驮满货物，去走很陡的山路的。等没有食物可吃的时候，还会把马儿杀了吃掉吧。"

须利耶先生只是装作毫不在意的样子说："可不许说这样的大人话啊。"但在他心里，这天人的孩子却让他不禁有些害怕。

在童子十二岁那年，须利耶先生把他送去离家稍远的一处都城的私塾。

童子的母亲拼命织布，挣了学费和零花钱给他送去。

冬天就快到了，天山已经一片雪白，桑树叶子干枯发黄，纷纷凋落了。有一天，童子突然回到家里。母亲从窗口一眼望见了他，便出门迎接。

须利耶先生佯装不知，继续抄写着经文。

"哎呀，你最近这是怎么了？"

"我要陪着母亲一起做工，没工夫读书了。"

母亲一边担心惊动了父亲，一边说："你又说大人话。有什么用呢？快回去好好念书，要为了大家，做个有出息的人。"

"可是母亲啊，您的手都那么粗糙了，我的手却白白嫩嫩的。"

"你不用为这样的事操心。不论是谁，上了年纪手都会变粗糙的。与其担心这个，不如赶快回去念书吧。我就盼着你学成归来，变成一个优秀的人。你父亲要是听见了会训斥你的。好孩子，去吧。"

须利耶夫人这样说。

童子无精打采地从庭院里来到大路上，但他依然站在原地没有离开。于是母亲又出门把他带到大路对面。那里是一片沼泽地。母亲正要返回，又对童子说："好孩子，快去吧。"

但童子依然站着不走，茫然地看着家的方向。母亲无可奈何地转身回来，拔了一根芦苇，做了个小小的芦笛，给童子带在身上。

童子终于迈开了脚步。然后，在遥远而冰冷的条纹云下面，芦苇轻轻摇摆，童子的身影渐渐地远了，变得越来越小。突然听到空中传来振动翅膀的声音，一对大雁正经过这里，须利耶先生从窗口望见这情景，不禁感到一丝惊悸。

就这样进入了冬天。严冬一旦过去，先是杨柳的新芽透出温润的光泽，沙漠里荡漾着糖水般的气雾。杏树和李树都开了白花，不久树丛和草地便呈现一片浓绿，眼看着就到了玉髓云的云峰环绕在四方天空的季节。

　　就在这时候,从沙车城郊的沙地里,发掘出了古代沙车大寺的遗址,发现了一面完整的墙。墙面上描绘着三位天童子。其中一位特别栩栩如生,据说不论谁看了都赞叹不已。

　　一个晴朗的日子,须利耶先生来到都城,拜访童子的师父,再三致谢,又送上三匹粗布。然后他向师父请求,说要带着童子游览半日。

　　两人走过熙熙攘攘的街道。

　　须利耶先生一边走,一边若无其事地说:"今天的天空如此碧蓝,在你这样的年纪,正是要向着天空振翅高飞的时候。你说呢?"

　　童子非常沉重地回答说:"父亲,我哪儿也不想去。我不会离开您的。"

　　须利耶先生笑了。

　　"当然了。在人生的漫长旅途中,只自己一人飞向远方光明的天空是不行的。"

　　"不,父亲,我哪里也不想去。可不可以谁都不去远方?"雁童子问了个奇怪的问题。

　　"谁都不去远方是什么意思?"

　　"就是说,不管是谁,都可以不必独自离开去别的地方吧。"

　　"嗯,那应该是可以的。"须利耶先生似乎有些茫然地回答道。

　　两人穿过城镇的广场,走着走着来到郊外。那里是一片开阔的沙地。沙上有一处挖得很深的大坑,许多人站在里面观望。两人也走下去看。那里有一面古老的墙壁。虽然颜色消退,仍能看出上面画着三

个天童子。须利耶先生心中一阵悸动，感觉仿佛有个巨大的重物，从遥远的空中直冲着他压下来。但他还是若无其事地说："的确非常漂亮。太过完美反倒教人害怕呢。这位天童跟你有些相像呢。"

须利耶先生回头去看童子。只见童子面带着笑容正慢慢地倒下。须利耶先生吃了一惊，急忙抱住了童子。童子倒在父亲手臂中，像在做梦似的喃喃自语："爷爷派人来迎接我了。"

须利耶先生急忙喊道："你怎么了？哪里也不要去啊！"

童子用微弱的声音说："父亲，原谅我吧！我是您的孩子。这壁画是您从前画的。那时我是国王的……可是这壁画完成之后，国王被杀害了，我们都做了出家人，但敌方的国王来烧毁寺院时，我们换上常人的服装躲藏了起来。那时我有个恋人，所以我想趁机还俗，不再当出家人了。"

人们聚集上来，口口声声地喊着："雁童子！是雁童子！"

童子又一次动了动嘴唇，自言自语说了句什么。但据说须利耶先生已经无法听见了。

我知道的就是这些了。

老人必须启程了。我实在依依不舍，起身合掌道："谢谢您为我讲述这段令人崇敬的故事。我们在这沙漠边缘的泉水边相遇，只是一同度过了短暂时光，但我相信这不是一时的偶遇。我们看似两个偶然经过的旅人，实际上互相也不了解对方是什么人。我们一定都能踏上善逝[1]指引的光辉之路,到达无上菩提[2]的境界。就这样吧。告辞了。"

老者默默地回礼。他似乎想说句什么,但又沉默了,随即猛然调转方向,向着我之前走来的荒地一步步地走去。而我朝着正好相反的方向,合掌走上寂寥的石滩,往前去了。

---

1 佛教用语,是梵语 sugata 的意译,又译"好去",即得悟后除却无尽烦恼,去往彼岸之意。
2 佛教用语,指悟道成佛的最高境地。

宫泽贤治年表

◎ 1896年 0岁

8月27日，出生于岩手县稗贯郡花卷町（现岩手县花卷市）的富商家庭。

◎ 1898年 2岁

11月5日，妹妹敏子出生。

◎ 1903年 7岁

入学于花卷川口寻常高等小学校。

◎ 1904年 8岁

4月，升入小学二年级。弟弟清六出生。

◎ 1905年　9岁

4月，升入小学三年级，通过八木老师初次接触到《苦儿流浪记》等儿童文学作品。

◎ 1906年　10岁

成绩优秀，课余热衷于矿石、植物、昆虫标本的采集和制作。开始写诗。暑假参加父亲参与主办的佛教讲习会。

◎ 1909年　13岁

3月，以全甲的成绩自小学毕业。升入盛冈中学。寄宿于"自疆寮"。课余时间走遍附近山野，热衷于矿物、植物采集。

◎ 1910年　14岁

6月，多次攀登岩手山。

12月，前辈校友石川啄木《一握砂》出版，受此影响，开始短歌创作。

◎ 1911年　15岁

4月，开始热衷于阅读《中央公论》以及爱默生的哲学书籍。

8月，参加北山愿教寺佛教夏期讲习会。

◎ 1912年　16岁

5月，前往一关、石卷、松岛、仙台等地修学旅行。第一次看见大海。
8月，参加北山愿教寺佛教夏期讲习会。阅读《叹异抄》，深受触动。

◎ 1913年　17岁

4月，寄宿于曹洞宗寺院清养院。
5月，前往北海道修学旅行。迁至净土真宗寺院德玄寺寄宿。开始阅读屠格涅夫等俄国作家的作品。

◎ 1914年　18岁

3月，从盛冈中学毕业。
5月，拒绝继承家业，获准报考盛冈高等农林学校，开始复习备考。
9月，阅读《汉和对照妙法莲华经》，深受感动。

◎ 1915年　19岁

4月，以第一名的成绩考入盛冈高等农林学校农艺化学专业，师从土壤学专家关丰太郎教授。同月，妹妹敏子考入日本女子大学。
8月，参加夏季佛教讲习会。热衷于阅读《化学本论》《泰戈尔诗集》等。

◎ 1916年　20岁

3月，前往东京、静冈、关西等地修学旅行。其间创作短歌19首。
6月，在关教授带领下对盛冈周边进行地质调查。这段经历也体现在《银河铁道之夜》的情节之中。
8月，前往东京独逸学院学习德语。为期一个月。
9月，参加关教授在关东一带的地质考察活动。
3—9月，共创作短歌186首。

◎ 1917年　21岁

7月，与校友保阪嘉内等人创办同人杂志《杜鹃》，以短歌创作为主。

◎ 1918年　22岁

1月，与父亲为信仰问题发生争执。
2月，提交毕业论文，题为《腐殖质中无机成分对植物的价值》。
3月，自盛冈高等农林学校毕业。
4月，留校进修。
6月，发行最后一期《杜鹃》。《双子星》即创作于这一时期。
12月末，因敏子生病住院，与母亲一同上京看护，至翌年3月。

◎ 1919年　23岁

1月，忙于看护敏子，空余时间前往上野图书馆学习。

3月，敏子病愈，一同回乡。不得不从事极端厌恶的家业。

5月，创作短篇童话《猫》《镭光之雁》等。

◎ 1920年　24岁

5月，结束在高等农林学校的进修，拒绝留校任教的邀请，回乡。

7月，研读法华宗国柱会创始人田中智学的著作。开始食素。

8月，随关教授在早池峰、土泽等地做土质调查。

12月，加入国柱会。奉行"寒修行"。

敏子开始在花卷高等女校任代课教师，教授英语、家事等课程。

◎ 1921年　25岁

1月，与父亲因宗教派别问题发生争执。离家上京，义务为国柱会效力。同期还在位于本乡的文信社做校对。同时开始大量创作童话。

4月，与父亲同往关西旅行。

6月，创作《电车》《图书馆幻想》等短篇童话。

8月，得知敏子病重，遂返乡，并带回一整箱童话原稿。同期创作《龙与诗人》《榭树林》。

9月，创作童话《橡子与山猫》《月夜的电信柱》《鹿舞起源》。

11月，创作童话《要求繁多的餐馆》《狼山林、笙篓山林与强盗山林》。

12月，于《爱国妇人》发表《过雪原（其一）》，获5日元稿费（生前唯一的稿费收入）。同月受聘为稗贯农学校（后更名为花卷农学校）教师，月薪80日元。结识邻校教师藤原嘉藤治，开始热衷音乐。

◎ 1922年　26岁

1月，于《爱国妇人》发表《过雪原（其二）》，创作《折射率》《鞍挂岭的雪》等诗作。

2月，撰写《花卷农学校精神歌》歌词，由川村吾郎谱曲。

4月，创作诗歌《春天与阿修罗》、童话《山男的四月》《伊哈特卜农学校之春》。

5月，创作组诗《小岩井农场》。

6月，创作轻歌剧《生产体操》，后改题为《饥饿阵营》。

7月，迁居至下根子居住，并在此照顾病重的敏子。

8月，创作《原体剑舞连》。

9月，与学生共同上演《饥饿阵营》。

11月27日，敏子病逝。创作《永诀的早晨》《松针》《无声恸哭》等诗作。

◎ 1923年　27岁

1月，携童话手稿上京，前往东京社请求出版，遭拒。

4—5月，于报纸《岩手每日新闻》发表诗作《外轮山》以及童话《山梨》《冰河鼠的毛皮》等作品。

6月，创作诗歌《风林》《白鸟》。

7月，于《天业民报》发表《角砾进行曲》。

8月，经青森、北海道前往桦太（属库页岛）旅行。同期创作了《青森挽歌》《津轻挽歌》《鄂霍次克挽歌》等在内的"挽歌诗群"。

◎ 1924年　28岁

1月，写就《春天与阿修罗·序》。

2月，以《空明与伤痍》为始，开始创作《春天与阿修罗》第二集。

3月，于《反情》发表《阳光与枯草》。

4月，自费于东京关根书店出版《春天与阿修罗》，共发行1000册，反响甚微。

8月，与花卷农学校学生一同在学校上演自创轻歌剧《饥饿阵营》《种山原之夜》等。

12月，童话集《要求繁多的餐馆》由东京三原社出版，共发行1000册。收录作品除标题作之外，还包括《橡子与山猫》《水仙月四日》等共九篇童话。《银河铁道之夜》初稿也创作于这一时期。

◎ 1925年　29岁

1月，在儿童文学杂志《赤鸟》刊登《要求繁多的餐馆》广告，收效甚微。

7月，受诗人草野心平之邀，成为诗歌杂志《铜锣》成员。创作《亚细亚学者的散策》（《葱岭先生的散步》初稿），创作《薤露青》。

8月，于《貌》发表《过往情炎》。

9月，于《铜锣》发表《命令》《来自未来圈的影子》《痘疮》等。

10月，于《铜锣》发表《休息》等。

11月，陪同东北大学地质古生物学教授早坂一郎前往岩手县海岸采集化石。

◎ 1926年　30岁

1月，于《月曜》发表童话《坏蛋与大象》。

2月，于《月曜》发表《座敷童子的故事》。

3月，于《月曜》发表《猫咪事务所》。同月辞去花卷农学校教职。

4月，在下根子开始独居生活，并开垦田地，种植花草，召集当地青年举行音乐鉴赏会等。

8月，草野心平于《诗神》发表评论，盛赞宫泽贤治为天才。

11月，在住所开设"罗须地人协会"，开展农业指导和文艺活动。

12月2日—29日，上京，学习风琴、大提琴演奏以及世界语、打字等。拜访高村光太郎。

同年弟弟清六建"宫泽商会"，将家业从之前的当铺和旧衣贩卖改为建材批发零售。

◎ 1927年　31岁

1月，在罗须地人协会开课讲授土壤学、植物生理学、肥料学等课程。

2月，罗须地人协会受到警察盘查，此后被迫停止聚会活动。于《铜锣》发表《冬日与银河车站》。

4—5月，为指导农作、帮助农民设计肥料四处奔波，手写肥料设计书两千多张。

◎ 1928年　32岁

7月，因天气持续干旱，为防治稻热病奔走。

8月，因过劳病倒。

12月，患急性肺炎。

◎ 1929年　33岁

长期卧病在床。其间创作文言组诗《疾中》。

◎ 1930年　34岁

病情好转。

11月，于《文艺企画》发表《空明与伤痍》《住居》等四首诗作。

◎ 1931年　35岁

2月，受聘为东北碎石工场技师，为促销石灰连日奔走。

7月，于《儿童文学》发表《北守将军和医生三兄弟》。草野心平于《诗神》发表《宫泽贤治论》。

9月，因碎石场公务前往东京出差。在东京病倒。

9月21日，写下给父母和弟妹们的两份遗书。月底，返回花卷养病。

11月，在记事本上写下《不畏风雨》。

◎ 1932年　36岁

于病床继续为碎石工场工作，接受肥料设计的咨询，坚持学习高数。

3月，于《儿童文学》发表《古斯克布都利传记》。完成《风之又三郎》草稿。

4月，于《岩手诗集》发表《早春独白》。

◎ 1933年　37岁

6月，于病榻上继续推敲诗稿。

7月，于《诗人时代》发表《葱岭先生的散步》。于《女性岩手》发表《花鸟图谱·七月》。

9月，于《北方诗人》发表《产业组合青年会》。

9月17日—19日，为当地神社节祭。19日夜，因观拜神舆祭礼受寒。

9月20日，患急性肺炎。写下辞世短歌《绝咏》两首。

9月21日，因病情恶化去世。临终嘱托家人印行《国译妙法莲华经》1000册分发给亲友。

◎ 1934年

6月,依宫泽贤治遗嘱,《国译妙法莲华经》1000册印行。

10月—翌年,《宫泽贤治全集》(全三卷)由文圃堂出版。编者高村光太郎、宫泽清六等。

译者简介 | 吴菲

日本文学译者。

毕业于日本国立山口大学，文学硕士。

自2007年翻译出版了金子美铃童谣诗集《向着明亮那方》以来，一直致力于日本近现代诗歌及儿童文学的译介与推广。

主要译作有金子美铃《全部都喜欢》《星星和蒲公英》，宫泽贤治《春天与阿修罗》，中原中也《山羊之歌》等。另有涉及文学、电影、历史、民俗等领域的译著四十余种。

译作年表

诗歌
2007　《向着明亮那方》[日]金子美铃
2012　《星星和蒲公英》[日]金子美铃
2015　《春天与阿修罗》[日]宫泽贤治
2017　《全部都喜欢》[日]金子美铃
2018　《山羊之歌》[日]中原中也
2019　《一茶，猫与四季》[日]小林一茶
2020　《山羊的信》[日]窗·道雄
2021　《原野歌》[日]工藤直子

小说
2010　《兔之眼》[日]灰谷健次郎
2011　《浮云》[日]林芙美子
2012　《手锁心中》[日]井上厦

其他
2009　《西域余闻》[日]陈舜臣
2010　《等云到》[日]野上照代
2012　《远野物语·日本昔话》[日]柳田国男
2016　《豆腐匠的哲学》[日]小津安二郎
2017　《黑白》[日]石内都
2020　《阳台人的植物生活》[日]伊藤正幸

作家榜®经典名著

读经典名著，认准作家榜

感谢您选择大星®文化出品的作家榜经典。

全新阅读品牌"作家榜®经典名著"，致力于为读者提供值得反复阅读和激发心灵成长的全球经典。自2017年诞生以来，策划了一本又一本经典畅销书。

作家榜经典名著系列，精选经典中的经典，由杰出诗人、作家、学者译注，凭借好译本、高颜值、优品质，在全国读者、各界名人、各大媒体中口碑相传，成为全网热销品牌。

越来越多有经验的爱书人，书架珍藏作家榜经典；越来越多的孩子们，因为作家榜经典爱上阅读。

经典就读作家榜
京东官方旗舰店

经典就读作家榜
当当官方旗舰店

经典就读作家榜
天猫官方旗舰店

经典就读作家榜
拼多多旗舰店

| 策　划 | 作家榜 |
| 出　品 | |

出 品 人 ｜ 吴怀尧　周公度

产品经理 ｜ 王涵越

美术编辑 ｜ 董亚茹

内文插图 ｜ Starry阿星

封面绘图 ｜ Starry阿星

封面制作 ｜ 王贝贝

产品监制 ｜ 陈　俊

特约印制 ｜ 朱　毓

投稿邮箱 ｜ dxwh@zuojiabang.cn

渠道合作 ｜ 021-60839180

官方微博 ｜ @大星文化　@中国作家榜

作家榜官方网站 ｜ www.zuojiabang.cn

作家榜官方微博 ｜ @中国作家榜（每天都在免费送经典好书）

作家榜阅读APP ｜ 免费下载·百大名著·随心畅读

下载作家榜 APP
百大名著·随心畅读

百态人生
尽在故事会

作家榜官方微博
经典好书免费送

图书在版编目（CIP）数据

猫咪事务所 /（日）宫泽贤治著；吴菲译. -- 杭州：
浙江文艺出版社，2021.8
（作家榜经典名著）
ISBN 978-7-5339-6591-4

Ⅰ. ①猫… Ⅱ. ①宫… ②吴… Ⅲ. ①童话—作品集
—日本—现代 Ⅳ. ①I313.88

中国版本图书馆CIP数据核字（2021）第146787号

责任编辑：陈园

读经典名著，认准作家榜

猫咪事务所

［日］宫泽贤治 著　　吴菲 译

全案策划
大星（上海）文化传媒有限公司

出版发行
浙江文艺出版社
杭州市体育场路347号　邮编 310006
浙江省新华书店集团有限公司 经销
浙江新华数码印务有限公司 印刷

2021年8月第1版　2021年8月第1次印刷
787毫米×1092毫米　16开本　10.5印张
印数：1—30000　字数：106千字
书号：ISBN 978-7-5339-6591-4
定价：72.00元

版权所有　侵权必究
（如有印装质量问题影响阅读，请联系021-60839180调换）

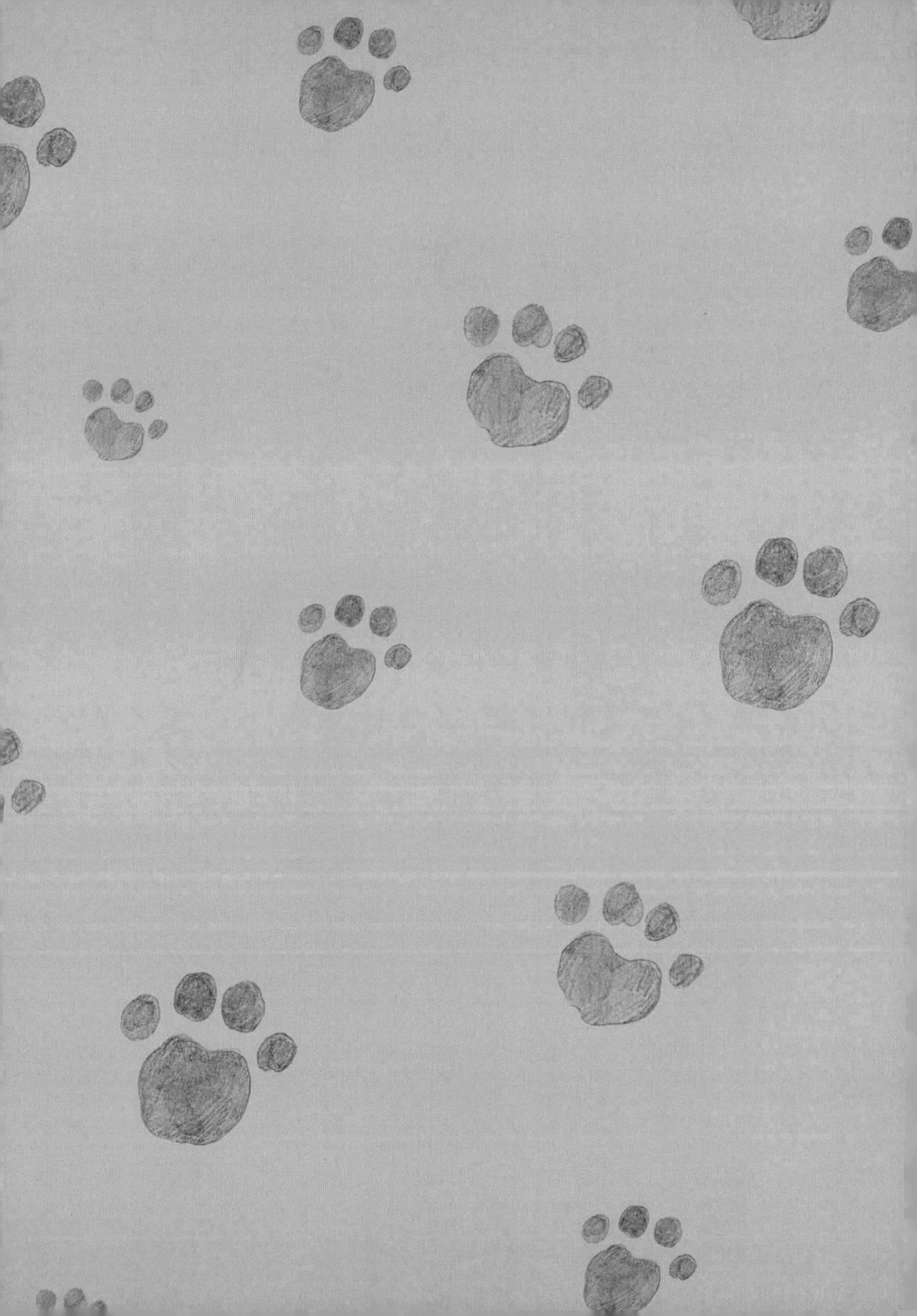